JN022151

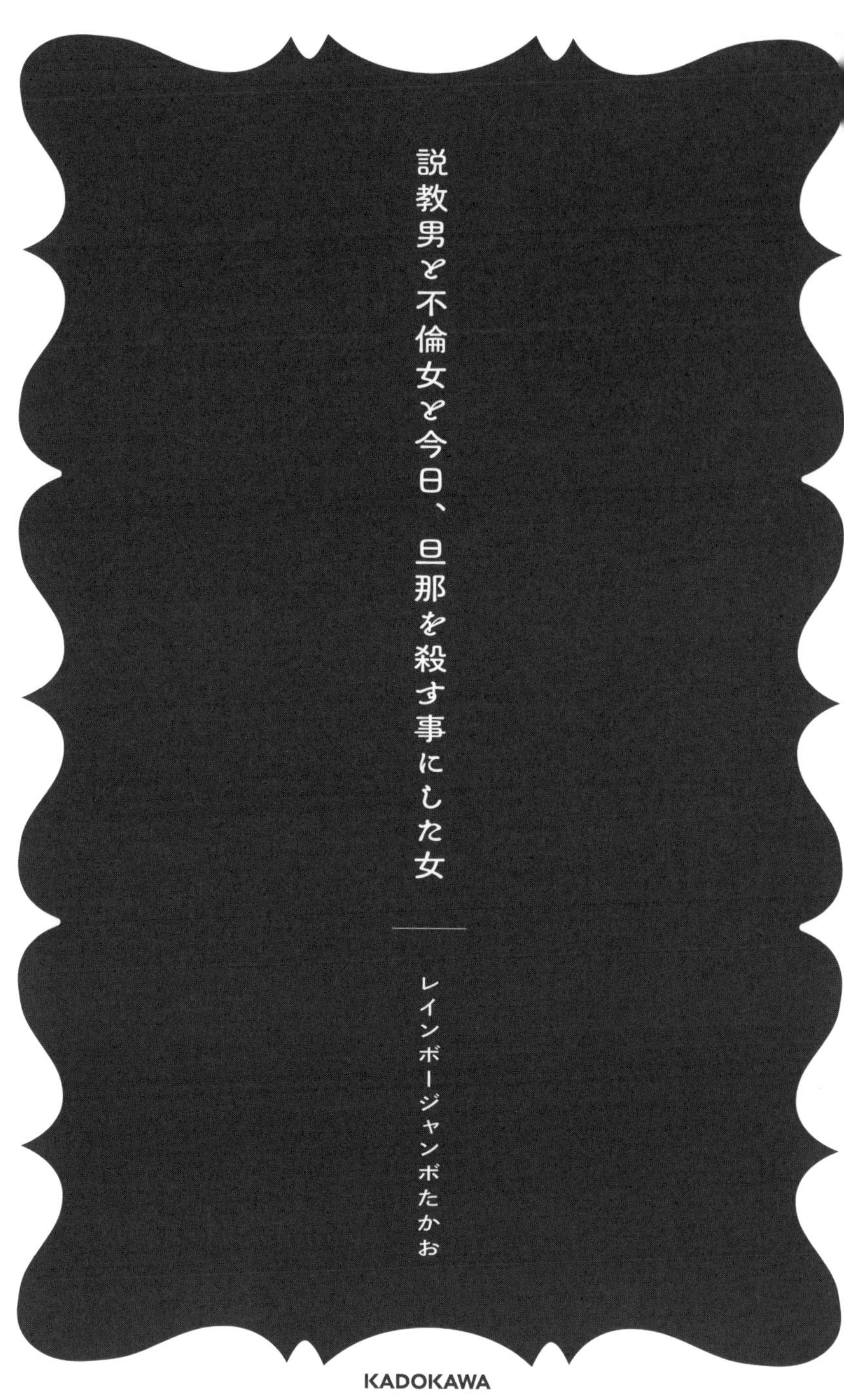

説教男と不倫女と今日、旦那を殺す事にした女

レインボージャンボたかお

KADOKAWA

俺はもうすぐ死ぬ。

全ては自分が招いた事だから。

仕方がないんだ。それはいい。

ただ、俺の目の前の最高にいい女が涙を流している。

それだけが申し訳ない。

俺は指で涙を拭ってあげたかったけど、

その気力も、もうなかった。

目次

第1章 家まで来たのにその気がない女に説教をする男 6
第2章 今日、旦那を殺す事にした女 54
第3章 不倫していることで成長していると思っている女 82
第4章 ハプニングバーでオレンジデイズくらい青春している友人 132
最終章 153

中学生の俺、高校生の俺、
大学生の俺。
すまない。
本当に待たせてしまったな。
今日だよ、今日だったんだよ。
俺はついに今日、ＳＥＸをするんだ。

（第 1 章）

家まで来たのに その気がない女に 説教をする男

俺はついに今日、ＳＥＸをするんだ。
悪くない人生だった。中学生の俺は、友達も多かったし、部活も部長なんか務めたりして、クラスでも人気者だった。自分で言うのもなんだが、ぱっちり二重のわりと可愛い顔もして、接骨院の先生からはＣＨＥＭＩＳＴＲＹの堂珍に似てるなんて言われていた。女子にもそこそこ人気があった。そんな俺の歯車が狂ったのは、少し硬派を履き違えていたからだ。

「女子って面白くないよな？」

「男だけの方が楽しいだろ？」

「合唱コンクールの打ち上げの二次会のボウリング、男だけで行こうぜ」

「女と付き合うつまんない奴、野球部にはいないよな？」


恥ずかしながら全て俺の言葉だ。我ながら情けない。あの時の野球部の部員の青春を奪ってしまったのだ。その結果、中学生活は女子との縁が全くなかった。

しかし、高校生になると、まぁなんて言うのでしょう。やはり欲しくなるものです。彼女ってやつが。でも「欲しいからってすぐにできるもんでもないぜ？」と思われる皆様。すみません。わりかし可愛い顔をしている長身のスポーツマンなので、告白してすぐに彼女ができました。ちょろかったです。はい。

ただ、付き合ってからが困難の連続です。女子との深い接し方がわからない。デートの仕方がわからない。わからないから、ただただ歩いた。気がついたら20キロ2人で歩いていた。冬だったこともあり、途中コンビニに行き、飲み物を買い、彼女があったかいミルクティーで暖をとっていたことを覚えている。キスの仕方も誘い方もわからなかった。

そのほぼハーフマラソンデートの帰り、わからないなりに勇気を出して俺は言った。

「キスしよっか？」

思ったよりちゃんと言えた。

「え〜やだ〜」

断られた。あまりの恥ずかしさに言われた瞬間に俺は駐輪場においていたチャリに乗り込み、普段なら10分かかる自宅まで3分で着いた。ずっと立ち漕ぎだった。どうでもいいか。今思えば、恥ずかしかった彼女が照れ隠しに言っただけなんだろうが、当時の女性免疫ゼロの俺にはそんなことを考える余裕はなかった。その日から彼女に会うのが恥ずかしくなり、俺からメールで別れを告げた。

それからの高校生活は女性と接することができないわけではないが、無意識に避けてしまっていた。高校生活はSEXをしたい思いはあったが、それよりも厳しい部活を乗り越えることに精一杯だった。中学で弱小なのに厳しい野球部に入ってしまった哀れな俺は野球が大嫌いになっていた。だから、高校ではテレビで度々脚光を浴びていたバレー部への入部を決めた。我々バレー部は結構強くて、同学年の部活では一番結果を出していた。それなのに結果を残していないサッカー部や野球部がモテる。なんであんな奴らがモテるんだと部員同士で恨み節を言うのが楽しかった。

大学に上がったらそうはいかない。俺の頭の中はSEX一色だった。とにかく早くSEXがしたかった。これは欲望というよりは焦りの方が大きいと思う。なんで他人よりも優れているところが沢山あるこの俺が、皆ができているSEXができないのか納得できなかった。

自分でもわかってる。性格が悪いというか、プライドが高くなってしまったと言うか、SEXのせいで他人と自分を凄く比較してしまう。俺はこんな人間じゃない！　SEXさえすれば俺は人と自分を比較したりしないし、SEXで人を測ったりしない。どんどんねじれていく自分の性格を正すためにも、早くSEXがしたい。

そして、一番可能性の高そうなテニスサークルに入った。ここでなら絶対にすぐに彼女ができてSEXができると思っていた。高校での失敗はコミュニケーションがうまく取れなかったこと。でも、俺は男子にはずっと人気者だった。

その調子で女子と接していけば必ず人気者になるはずだ！

すぐにＳＥＸできるはずだ！


しかし、俺は頑張りすぎてしまった。人気者になろうとするあまり……。

お笑い担当になってしまった。


そりゃそうだ。本気を出した俺には他を圧倒するお笑い力があった。周りがはねるのトびらやエンタの神様のような若手芸人ブームに夢中の時に俺はＴＳＵＴＡＹＡで松本人志関連のビデオを全部借りて見漁っていた。

しかし、女子にモテる気配は１ミリもない。お笑い担当、逆にモテるんじゃないか説を必死で唱えたにもかかわらず、事実は覆らなかった。

え？　お笑い芸人はモテると聞いてるぞ？

ＣａｎＣａｍ発表２０１４年好きな男性のタイプランキング１位は面白い人だったぞ？

俺は１年で童貞を卒業することができず、２年に上がる頃には童貞いじりをされるようにもなった。カラオケでマキシマムザホルモンの恋のメガラバの一節、

「ＨＥＹ！　いれろ冷房！　チェリー強引ＴＯベッド」の節を「ＨＥＹ！　いれろ冷房！

田中ゴーイングトゥベッド」と、女子もいる前で歌われた。それに対して俺は、「あの〜、すみませんこの中に田中とゴーイングトゥベッドするよ〜〜って方〜〜！」と前説風に返すという高度なテクニックを使い、笑いを取っていたが、心では泣いていた。いや、心どころか家ではちゃんと悔しくて泣いたことがある。

こんなことで泣くか？　と思う自分もいるが、そりゃ泣くわな、と思う自分もいる。

それから俺は、知識だけは頭に詰め込んで、なんとかお持ち帰りできないか、お持ち帰りしたら、どのようにして抱くように持ち込めばいいのか、そんなことを考える毎日を過ごして大学生活を終えた。

童貞のまま大学生活を終えた日、俺は泣いた。

「グス、グス……」とすすり泣くのではなく「う、ぅ……」と少し声を漏らして泣くのでもなく。「あぁぁーーーー！！」と絶叫するように獣のように泣いた。子供の頃、飼っていた猫のビスケッツが死んだ時以来の絶叫泣きだ。ウリナリのポケビブラビスペシャルを見逃した時以来の大泣き。泣きすぎて「うーーー。ぅーーー」と自分では制御できないしゃっくり絡みのところまでいった。

泣き疲れたのは4、50分経った頃だろうか、俺は悟りを開いた修行僧のように自分の人生を振り返っていた。

俺は暗かったわけでもない、友達がいなかったわけでもない、嫌われていたわけでもない。あえてSEXをしなかったわけでもない。むしろずっとしたかった。それなのにSEXができないなんて、もしかして、自分は世界で一番不幸なんじゃないだろうか？

俺は、就職活動はせず、吉本興業の養成所NSCに入って芸人になった。

お笑いは大好きだったしピエロ経験からやっぱり笑いを取るのが一番好きだと思ったからだ。同じクラスだった細身の森永という奴とコンビを組んだ。高卒で若くて男前でツッコミが結構上手だった。主にコントで学内では評価を得て、最終的にNSCは首席で卒業した。エリートコースだ。1年目から少しだけど他の同期よりも仕事を貰った。冴えない同期が連日コンパでお笑いファンに手を出したりしているのを見て、軽蔑した。

そこには羨ましさは一切なく、「だから面白くないんだよ」と真剣に思ったりもした。そこから5年。劇場ではぼちぼち出番を貰えるくらいになった。少しだけどファンもいる。

ただ俺はまだ、SEXをしていない。

ごめん、過去の俺たちよ。頭を抱えていることだろう。連日コンパ三昧の同期を見て軽蔑していたら、そうゆう流れからどんどんかけ離れていってしまったんだ。

でも、それにしても1回くらい機会があってもよくないか？

俺より結果を残していない同期がしているのに、街ゆく俺よりブサイクな奴もしているのに、俺より太っている奴もしているのに、俺より性格の悪い奴もしているのに、親を泣かせている奴でもしているのに、人殺しだってしているのに、なんで俺はＳＥＸができないんだ？

俺は親戚が集まった時とか盛り上げるぜ？

俺は親戚が退屈にならないように、鉄板のトーク全部頭に入ってるぜ？

食器も運ぶし、おじいちゃんにビールも注ぐし、姪っ子とかにはシャトレーゼのアイスとか配るぞ？

俺は優先席絶対座らないぜ？

それなのになんで空いている優先席に座って、お年寄りが来たら譲るような中途半端な正論をぶつけてくる奴がＳＥＸしてんだよ。優先席は常に空けておいてお年寄りが座りやすい状況を作っておくもんだろ？　そんな気配りだって俺はできるのに……。

俺は世の女性が悪いような気がしてきた。

なんで世の女性たちは、こんなにも常識人でちゃんとしている人代表の俺を放っておくのだろうか？　絶対幸せになれるんだけど？　俺と一緒になれば？　なんで？

なんで、店員さんに高圧的な態度を取るタンクトップの声が妙にでかいユーモアを履き違えた、夏とかイベントが大好きな色黒ＤＪの悪い部分をかき集めたみたいな男が好きなの？　絶対不幸になるよ？　その色黒ＤＪの悪い部分かき集め太郎は2億兆パーセント浮気するよ？　女殴るよ？　歯作り物だよ？

俺はバイト中、気を抜くとそんなことばかり考えてしまっていた。深夜のネットカフェの仕事は凄く暇な分、ネタを考えられると思っていたが、そうはいかなかった。

そんな日々を過ごしているうちに、ある日、俺に大チャンスが訪れる。

「田中さん！　コンパしません？」

岩渕さんが俺の顔を覗き込むように話しかけてきた。

岩渕さんは劇団に所属していて昼稽古があるため、夜勤に入っている俺と同じ夢追い人だ。暇な時はお互いの世界の情報交換もしてわりかしよく話す。ぽっちゃりしてはいるが愛嬌があり、バイト先ではわりかし社員さんにも評判がいい。少し首を傾けて、やや口角が上がった状態で俺の返事を待っている。そんな話、岩渕さんとしたことがないので驚いた。だいぶ、だいぶ長い沈黙の後、「突然、なんで？」となんの面白味もない普通の疑問で返した。

「なんか……私の友達が男子と飲みたいんですって！　めっちゃ可愛い子ですよ？　よかったら！」

岩渕さんは普段劇団で鍛えられているだけあって発声がいい。滑舌がいい。まるで舞台のセリフを聞いているみたいだ、と感心していたら、

「嫌ですか？」

俺はわざとらしく顎に手をやり、眉間に皺を作りこう言った。

「コンパ界のラスボスって言われてるけど大丈夫？」

「いや、絶対そういうの得意じゃないでしょ？」

と岩渕さんに笑われた。俺はその表情を崩さないというボケをして岩渕さんをまた笑わせた。

「それじゃあ詳しい日にちは後でＬＩＮＥで！　あ、ＬＩＮＥって私たち知ってましたっけ？」

「え〜〜と、いや知らないんじゃないかな？」

勿論岩渕さんのＬＩＮＥを知らないことは知っていた。それなのに何故男は、一瞬考えるフリをするのだろう。別にサッと、「知らないよ」と言うのと、「え〜〜と、いや知らないんじゃないかな？」と言うのとでは、どちらがモテるとかどちらが好印象とかはないはずなのに、むしろさっと「知らないよ」と言った方がモテそうなのに、男って不思議だなぁと、自分だけなのかもしれないのに、何故か男を代表し思考しているうちにＬＩＮＥ交換は終わった。

岩渕さんは個室清掃に行った。岩渕さんのアイコンはディズニーランドでカチューシャをつけてチュロスを持っている、いわゆる女子によくあるベタなトップ画だった。それがこの時は凄く可愛らしく見えた。俺の中では既に勝手に2択が始まっていた。少しぽちゃっとしていて愛嬌があり、コミュ力も高い岩渕さんか、岩渕さんが連れてくる男子と飲みたがっている可愛いとお墨付きのまだ見ぬ女の子か……俺の結論は……。

とにかくやれればどちらでもいい。

次の日、俺は渋谷にある吉本の若手の劇場で、初コンパのもう1人のチームメイトをどうするか考えていた。すると後ろから頭を軽くポンと叩かれた。

5年先輩のラフアイランドのぴょんさんだ。

「どしたー？　しんどそうな顔して？　もしかして……生理？」

「いや、童貞が生理になるかー！」

「いやそこじゃねえよ！」

2人で笑った。俺は先輩のぴょんさんに凄く可愛がってもらっている。ぴょんさんは、天性の明るさと笑いのリズム感と誰からも好かれる不思議な魅力がある。ラフアイランドはドンと売れきってはいないが、劇場番長で実力抜群、テレビにもちょこちょこ出演している。ぴょんさんは俺の憧れだ。

「いや違うんですよ。ぴょんさん、実は……」

俺はぴょんさんに事情を説明した。

「なるほど、了解。その日、あ、け、ま、しょう！」

「いや、あなただけは絶対呼ばないですよ！」

「なんでだよ！　おい！　普段お世話してるだろ？　恩返ししろよ！」

「あなたモテるんだもん！　そんなずんぐりむっくりな身体にぱっつん頭で！」

「誰がずっしりクリームたっぷりパッション屋良だよ！」

「言ってませんよ！　屋良さんにクリーム詰まってませんから！」

ぴょんさんは実際モテるから来てもらっては困る。

「絶対、その日ＳＥＸしたいんですけど、もう１人誰がいいですかね？」

「確かに、芸人は自分のことしか途中考えなくなるからなぁ……大学の同級生とかは？

お前のことよくわかってる仲のいいツレが一番いいよ」

コンパ当日：ＡＭ11：30

普段買わない香水。ネットで検索した、いやらしい匂いじゃないボディファンタジーを身体に少し香るくらい付ける。

ＰＭ１：00

お昼はサンドイッチのみ、匂いがする系は絶対にＮＧ。

沢山食べるのも太って見えるかもしれないのでＮＧ。

サンドイッチも卵はもしかしたら屁の匂いに感じることがあるかもしれないのでＮＧ。

全ての条件をクリアしたハムとレタスのサンドイッチを１つ食べる。

PM6：00

殆どネタ合わせは手に付かなかった。相方は消化不良のまま帰っていった。

すまんな森永。今日だけは、今日だけは至らぬ俺を許しておくれ。

ネタ合わせが終わった後にボディファンタジーのいい匂いを相方に嗅がせていたことに気がついて恥ずかしくなった。

『んじゃ、私は友達迎えに行ってくるから、お店に7時ね！』

岩渕さんからのＬＩＮＥだ。俺は今一度、トイレで髪、鼻毛、髭、うぶ毛、眉毛、口臭、体臭、全ての確認をした。角度によっては見切れていた鼻毛を発見。

「事前に鼻毛の処理を致します！」

と小声で少しふざけてニヤッと笑ってしまった。この時、少し余裕があったのかもしれない。口臭対策も万全にブレスケアを、睡眠薬だったら致死量にあたりそうな15粒を口に放り込む。絶対に口臭は問題ない。

「よし、準備は万端でございます！」

またも小声でふざけた。少し浮き足立っているんだと思う。そのまま俺もツレを迎えに待ち合わせしている駅に向かう。

「田中ーー！　久しぶりーーー！」

駅で手を振る男、俺の大学の同じサークルの仲間、綾瀬だ。

綾瀬は何を隠そう、俺を童貞いじり（恋のメガラバの「ＨＥＹ！　いれろ冷房！　チェリー強引ＴＯベッド」のチェリーのところを田中で歌われた）で泣かせた、悪い男だ。

ただ、こいつ自身そこに悪意はないし、場を盛り上げる能力の高さ、女性を気がついたらエロい話に持っていく能力、童貞いじりしてきた過去があったとしてもコンパにおいてお釣りが出るほどの活躍をしてくれることは間違いないだろう。

「いや〜、まさかあの童貞田中がコンパに誘ってくれるとはねえ〜」

「うるせえ、もう童貞じゃねえよ」

皆さんにはお伝えしていなかったが、俺は大学3年の頃、童貞いじりされるのが辛すぎて、ゴルフの宮里藍似の地元の同級生と初体験を済ませたという嘘を大学のサークル仲間にはついていた。この嘘は家で大学ノートに宮里藍似の女のプロフィールや名前、特徴、性格、出会いなどを作って書いていたのでバレてはいない。一世一代の完全犯罪だった。

「冗談だよ！　宮里藍似の子と済ませてんだよな」

ほら、綾瀬も覚えていた。彼女に似ている著名人の名前を出すことで、リアリティとインパクトをサークル仲間に植え付けている。

「綾瀬、今日は2人で力を合わせよう」

「当たり前じゃねえか、俺に任せろ！　絶対にお持ち帰りの流れにするからさ」

さすが綾瀬だ。俺が言ってほしいことをすぐに言ってくれる。とにかく今日の目的はお持ち帰りして、童貞を卒業すること。そのために綾瀬は強力すぎる味方だった。

「なんか事前に作戦とか決めとく？」

「そうだなぁ、田中的にどっちの子がいいとかあるの？」

やれればいいとは言えない。ただ、やれればどちらだっていい。

「2人でゴールを決められれば、どうだっていいよ！　1人はバイトの同僚、もう1人はその同僚の友達だ」

「なるほど、了解。んじゃ2人のゴール目指そうぜ！　最悪1人だけよさそうだったら田中に譲るしさ」

「ほんとか？」

「当たり前だろ？　俺は今まで結構遊んできたけど、田中は童貞を卒業できたにせよ、まだ経験そんなにないだろ？　譲るよ」

すんなりチームプレイに徹してくれると言ってくれた。

俺は今日を必ず運命の日にするためにも綾瀬に本当は童貞であることを伝えた。

「そうだろうと思ったよ？　サークルの皆、怪しんでいたし」

完璧だと思っていた俺の嘘は、ちゃんとサークルの皆にほぼバレていたらしい。

PM6：50

少し早めに俺と綾瀬は店に着いた。綾瀬が選んでくれた渋谷にある店だ。

ふざけんな！　綾瀬、やってくれたなぁ。綾瀬には多少高くてもいいから雰囲気のよい店で半個室くらいがいいなぁと伝えていた。来てみたらこの店はホームページではめちゃくちゃいい感じだけど、店構えしょぼいし、料理しょぼいし、酒しょぼいプチボッタ店じゃん。だから渋谷の居酒屋は何度か来たことあるお店とかじゃなきゃ信頼できないのに。だから、普段から遊んでる綾瀬を信用してよく女の子を連れていくいい感じの店にしてほしかったのに。一番恐れていた事態が起きた。

最悪だ。絶対お通し、ピンクのえびせん来るじゃん！　あの原材料不明だけど、原価1円もかかってなさそうなピンクのえびせん来るじゃん！

「え……綾瀬さぁ、この店、来たことあるの？」

「ないよ、ええ……ホームページと全然違うんだけど」

そりゃそうだよ！　今渋谷、新宿はこんな店が溢れかえってるのを知らないのかよ！

綾瀬の童貞いじりをチャラにするのはやめた。予約もしているし、もう女子来ちゃうし。

綾瀬を横目で見ると珍しくへこんでいる表情をしている。

「ごめんなぁ、田中」

「いや、しゃーないよ。料理が美味しいこと祈ろうぜ」

「ごめん……」

素直に反省している綾瀬は責められない。そうゆう可愛らしいところもある男だ。

「お待たせ」

俺と綾瀬は同時に振り返る。そこには岩渕さんがいてその横では、小柄で童顔で笑顔が印象的な女の子が照れ臭そうに笑っている。

「こんにちは、夕紀です」

何故だろう。夕紀さんとは、初めて会った気がしない。

PM7：10

「では皆さん、ルネッサーーンス！」

乾杯と共に笑いながら首を左右に動かす1人髭男爵を綾瀬は初っ端からかましていった。サークルの先輩たちがいなくなってから、お笑い担当に立候補をした綾瀬に俺が授けたギャグだ。

「いや、1人で髭男爵2人共するなよ！」

決まった。女子たちは楽しんで笑ってくれている。真ん中にあるお通しの大量のピンクえびせんをかじりながら岩渕さんが滑舌バッチリでまるでセリフのように言った。

「綾瀬さん、面白い～！」

目が細く決してかっこいいわけではないが、スタイルのよさとオシャレさと雰囲気でごまかしが利いている綾瀬に岩渕さんも食いつきがいい。よし、それでいい。岩渕さんと綾瀬でいい感じになるといい。

俺は夕紀さんに夢中だ。夕紀さんは美容系の専門学校に通っていたが、人間関係に悩んで挫折、その後は幡ヶ谷のガールズバーでお金を稼ぎながら将来何するかを考えているらしい。ただ、将来何をしたいかはまだ考え中なのだとか……。

うーむ。いい、なんかいい。俺の周りの同世代は皆夢中で働いているから、働いていない者を責める風潮もあるが、全然いい！　夕紀さんはいい！　なんか逆に深い感じがする。

「田中くんは何してるの？」

「自分は、放送作家の見習いを……」

百戦錬磨のぴょんさんからアドバイスを貰っていた。

「芸人と言わない方がいい、チャラいと思われてワンナイトを警戒されてその日のうちにどうこうはうまくいかない気がする」と。勿論綾瀬と岩渕さんにも口裏を合わせてもらっている。

それにしてもぴょんさんは、さすが俺のことを本当によく考えてくれている。どうしよう、この目の前の素敵な女性とそうゆうことが今日、できるのかもしれない。

「なんか夕紀さんって素敵ですね」

思わず口からこぼれ落ちた。いや、思わずというよりは好意があることに気づいてもらうためというのも少しあったのかもしれない。そうだとしたら、女性と接するの、うまくなってない？　だって、そんな意図的な戦法みたいなことができるなんて凄くない？　と1人興奮したりもしている。

「嬉しいです。でも、私1人の時独り言多いよ？」

いいいっ！　なんかそれもいい！　岩渕さんの友達だから多分年下だけど半分タメ口になってきてる感じもいい！　独り言を凄く言うのもいい。

ドラマの主人公の女の子みたい！　夕紀さん主演でドラマやってほしい。タイトルは、

「やりたいことない女で何が悪い」

内容は、美容系の専門学校を中退し、やりたいことがあるふりをしながらもない、ガールズバーで働く無気力な23歳の女性の現状をリアルに描いたものだ。この女性が、童貞で悩んでいる年上の男と運命的に出会い、恋に落ちる。

果たして2人の恋の行方は？

いや、俺出てきてる！　登場してる！　そんな妄想を繰り広げてしまう魅力が夕紀さん

にはあるってところで今回はおいとまさせていただきます。なんちゃって。

PM8：30

「マジですよ？　マジ夕紀エロいですよ？」

話も盛り上がり、こんな話にまで発展しております。酔っ払ってきた岩渕さんからのありがたすぎるファインプレー、ナイス情報！

「夕紀さんそれ本当？」

勇気を出して本人に聞く。これを言われてなんて答えるんだろう。

普通の女性なら、「え～、そんなことないよ～」とか？

「は～エロくないよ！　マジ普通だから～」とか？

夕紀さんはちょうどよく赤くなった頬を左手に乗せて、少し顔を傾け、真っ直ぐな目でこう言った。

「上の中……？」

俺は混乱する頭を整理した。顔のランクなどでよく使用する上中下の物差し。それをこのレイディは「エロさカウンター」に使ってらっしゃる！　一番下からいくと、下の下、下の中、下の上、中の下、中の中、はいここが真ん中。

ここからは上位グループでございます。中の上、上の下、上の中……。

上の中。

上の中。

ここ！！！　９つに分けられたランクの中で上から２番目！　凄い。

上の中のパンチ力凄えよ……。

ありがとう夕紀さん。綾瀬もテンションが上がっている。

「マジかよ！　夕紀さん、エロいんだ〜。なんかドキドキしてきたよ」

「ふふふ、冗談だよ」

いまさら冗談と言われたってあの破壊力は消えない。俺は勇気を出して聞いた。

「え、ワンナイトとかってあったりする？」

「おいおい！　田中攻めるなぁ〜」

俺にしては勇気を出したと思う。夕紀さんは悪戯っぽく笑って、少し冗談めかして言った。

「男と女がその日惹かれあったなら、何が起きても不思議じゃないわ」

俺は考えるよりも先に言葉が出た。

「俺とかどう?」

もう少し冗談っぽく言えば皆笑って済む話だったと思うが、勢いと圧が強すぎたのか、岩渕さんと綾瀬は圧倒されていた。

ただ、夕紀さんは違った。俺にニコッと微笑みかけて、

「何が起きても不思議じゃないよ」

決めた。

俺は今日、絶対に夕紀さんとSEXをする。

そこからはとにかく夕紀さんに好かれるよう立ち振る舞った。

「でも2人とも本当お綺麗ですよねえ、お2人のこと今日からPUFFYってお呼びしていいですか?」

ウケる。

「お2人の写真集出たら、買うけどなぁ……。10万円まで出しますよ! すみません……やっぱり3000円までしか出せません」

ウケる。

大学時代にお笑い担当をやっていたことがここで活かされた。ただ大学の頃の反省も活かし、男として見てもらえる程度に程よい面白さを振り撒いていた。夕紀さんのリアクションもいい、岩渕さんも凄く好感を持ってくれている。正直2人とも俺に夢中だった。

これがよくなかった。

綾瀬は面白くなかった。女子2人が俺の話に夢中になって笑っている。綾瀬には笑いのセンスがかなり欠けている。昔、俺があげたギャグでしか笑いが取れない。ただ、大学時代に馬鹿にしていた俺よりモテないのが許せなかったのか、開けてはいけないパンドラの箱に綾瀬は手をかけた。

「ねえ、2人とも知ってる？」

声を張り、こちらの会話に綾瀬がカットインしてきた。女性2人はすぐに綾瀬の方に目をやる。俺はこの時点で嫌な予感がしていた。

「田中ってさぁ、童貞なんだよ？」

なんて卑怯な男なんだろう。前々から卑怯なところはあるなぁと思いつつも、大学時代の仲間である綾瀬を俺は信じていた。ただ、綾瀬という男は自分より少しちやほやされる男がいると、相手の評価を下げることによって、自分の価値を上げようとする男だった。

その時の俺の心は妙に冷静で、ある考えに支配されていた。

(あぁ……これで夕紀さんに嫌われたら、もうSEXなんてできないんだよなぁ。絶対にいけると思ったのに。いけなかったら、俺綾瀬を殺そう)

生きてて、初めて冷静に人を殺すことを計画した瞬間だった。俺は人殺しになってしまうのか……。それは、夕紀さんの一言にかかっていた。意地悪な顔で割と大声で綾瀬が言い放った後、少し間合いを空けて夕紀さんがこちらにゆっくりと目をやり、少し上目遣い気味に口を開いた。

「可愛いんだけど」

ハッキリ言う、恥ずかしいがハッキリと言おう、漢字で言おう。勃起してしまった。嬉しさと悔しさと彼女の優しさで。

綾瀬は焦った表情で言った。

「え？　可愛い？　この年で童貞ってキモくない？」

自分のネガティブキャンペーンがまさかのポジティブキャンペーンに転じてしまい、綾瀬はまさかのネガティブキャンペーン増しをしてきた。略してネガキャン増ししてきたのだ。ただ、夕紀さんは続けて言う。

「なんでキモいの？　この年でSEXしてなきゃいけないルールでもある？　絶対にしたい！　って人が現れなかっただけでしょ？　闇雲にやりまくって人数、数えてるような男の方が断然キモいよ」

なんだぁ……知らなかったなぁ。

皆は知ってた?

世の中に女神っているんだぜ?

朗報だけどよ、女神ってこの世にちゃんといるんだぜ?

俺はついてるよ。なんせ目の前にいるんだからさ。


「ちょっとトイレ行ってくるわ」

綾瀬はバツが悪そうにそう言ってトイレに行った。

「私もトイレ〜」

岩渕さんが俺に目配せをして、そう言って席を外した。気を利かせてくれたのかもしれない。いや、そうに違いない。だとしたら俺はここで絶対に勇気を振り絞らなければいけない……。夕紀さんを家に誘うんだ。そしてSEXをするんだ。

あれこれ考えてるうち夕紀さんが話しかけてくれた。

「綾瀬くんに言いすぎちゃったかな……?」

「あ、全然大丈夫ですよ。あいつ強めに言われるくらいがちょうどいいんで!」

「そうなんだ……ウケる」

そう言って夕紀さんはまた笑った。俺はその笑顔をしっかりと見て言った。

「この後、うちで飲み直しません？」

「……え？」

あ！　ダメだ、サラッと言えたつもりだったけど、え？　って言ってる。引いてるのかも！　夕紀さんの笑顔を見てたら、なんでも言える気がして言ったけど、失敗だったかも。だって、え？　って言ってるもん！　え？　って！

「近いの？」

なんか近かったらいいよみたいな感じで言ってくれてる！

近かったら言い訳にもなるし、めんどくさくもないし、近かったらいいよ！　の方向に向かってる。だけど、あんまり近くない！　タクシーで30分かかる！　どうしよう！

20分じゃ遠いか、15分でも遠いと思う人もいるのか？　ええい！　大盤振る舞いだ！持ってけ泥棒！　10分だ！

「近いです！　タクシーで10分です！」

嘘をついてしまった。しかも変な脳内オークションで10分にしちゃった！

「近いねー、全然いいよ」

きた！　変な脳内オークション大成功だ！　しかもただのいいよ、じゃない、「全然いいよ」が来た！　後ろ向きのいいよじゃなくて、前のめりの全然いいよだ！

「じゃあ是非行きましょう！」

「んじゃ、もう抜ける？」

得意の悪戯っぽい顔で夕紀さんが俺に言う。とてもドキドキしている。なんかドラマかなんかでこんなんあった気がする！　となんだかんだ人生で初めて思った。ドラマの住人になった気分とはこのことだ。

「そうですね！　綾瀬に全部払わせましょう！　でも岩渕さんが可哀想ですよね」

「大丈夫！　あの子に先帰るねって今ＬＩＮＥしたら、ＯＫだって！」

岩渕さん！　岩渕様！　岩渕殿！　拝啓、岩渕！　本当にありがとう。

気を使ってくださって。今度何か奢りますとかではなく、１万円あげます。感謝の念が収まりきらない中、そのまま俺は夕紀さんと店を出て、タクシーに乗った。

「結構遠いね」

クーラーが効いて心地いい温度の車内で、夕紀さんが言った。

「そうだね……。道が混んでるのかなぁ」

咄嗟に俺は嘘をついた。バレバレの嘘だ。何故ならば、白髪交じりのおじさん運転手さんが法定速度を余裕でオーバーするほどビュンビュンと飛ばしているからだ。

「いやビュンビュン飛ばしてるから」

夕紀さんもビュンビュン飛ばしていると感じていたみたいだ。

「……家から10分嘘だった？」

夕紀さんが俺の方を見ずに、他の車を抜き去り、ビュンビュン飛ばしている運転手を見て俺に言った。本当に俺に言ったのか、前だから運転手さんに言ったんじゃないの～なんて少し脳内で戯けてみせたがダメだ。俺は一か八か正直に言うことにした。

「すみません。なんか嘘ついちゃいました」

そう言うと、夕紀さんは視線をこっちに向けて、少し目を細め睨んでいるように見せた。

その後に口角をスッと上げ言った。

「可愛い」

お母さんでしょ、おばあちゃんでしょ、おばちゃんは、そうだな、おばちゃんもだな。

あと小さい頃に、近所の女子高生のお姉ちゃんも言ってくれたな、とあまりにも言われ慣れていない「可愛い」という言葉に俺は、過去に「可愛い」と俺に言ってくれた人を振り返ってしまっていた。ほぼ親戚関係だった。

それくらいに衝撃的な出来事だった。こんな俺が可愛いだなんて。

嘘ついたんだよ、俺。嘘をつくって悪いことなんだよ？　悪いことしたのに可愛いって……猫っ？　猫くらいだよね？　悪いことしたのに可愛い扱いされるの。

これは間違いない、今世紀最大の我が人生最上の本当にチャンスの日なんだ！

よし、負けていられない、俺は勉強してきた。

この日までにドラマや雑誌や漫画やネットでワンナイトするための、モテるための術を！　褒められたら褒め返すという技があるらしい！　その術を炸裂させようではないか。

「可愛いって！　夕紀さんじゃないんだから！」

どうだろう。俺の中では持ち前のユーモアも込みの悪くない、わざとらしすぎないカウンターだったのだが……。

「夕紀でいいよ」

微笑を浮かべながら彼女は、変わらずにビュンビュンと飛ばすタクシーの外の変わりゆく景色を見ながら言った。俺じゃなくて運転手さんに言ったんじゃないの？　なんて脳内で少しふざける小さい俺を押し殺し、嬉しさが溢れてきた。

「おう。夕紀……って呼ぶ」

そう言うと彼女はクスッと笑って言った。

「ふふふ。おうって、柔道部みたい」

俺も笑って言った。

「俺と一緒にオリンピックを目指さねえか？　夕紀よ！」

変わらず正面を見ていた夕紀さんが俺の方を向いて言った。

「いや、指導者の方かい」

俺たちは2人で笑った。最初は小さく笑っていたがお互いが誘い笑いをするようにどんどん笑いは大きくなっていった。法定速度を守らない白髪交じりのおじさん運転手がボソッと言った。

「俺、教えてたよ。柔道」

その一言で俺たちは涙を流すほど笑った。運転手さんもウケるつもりで言っていなかったせいか、我々に釣られて笑った。3人で笑っていた。

いつからだろう、どの辺りからだろう、気がついたら俺と彼女は、手を繋いでいた。

最寄駅は3つくらいあるが全部15分以上歩く、二階建ての6部屋しかない6万2000円の安アパートが俺の家だ。社会人になるタイミングで実家を出て、ここで暮らしている。ただ女の子を呼んでも恥ずかしくない家がテーマだったので、外観はわりかし綺麗だ。

「全然汚くないじゃん。なんか可愛い家だね」

夕紀さんが褒めてくれた。タクシーから降りて家に来るまでの数十秒で凄く汚いボロアパートですと保険を張っておいてよかった。

「階段急だから気をつけてね」

体重が重い人が乗ったら壊れてしまいそうなほど雑な造りのおもちゃみたいな階段を先に上り、後ろを振り返って俺は言った。

「どうぞ！　汚いけどね」

部屋に入り、軽く見渡して夕紀さんは言った。

「え～全然汚くないじゃん！　なんかいい匂いもするし」

それもそのはず、この大チャンスを前に俺が手を抜くはずがない。昨日、年末を彷彿とさせるほどの大掃除。『部屋が汚い男はまず女性を抱けることはまずありません』というタイトルの本を読んだことがある。というかネットで取り寄せて買ってしまった。その本の指示通りに部屋は完璧にした。

まずリビング（間取りは1Kなのでそれが部屋の全て）は物を沢山置いてはいけない。テレビ、机、ソファ、ベッドのみのシンプル仕様。

他のものは全て排除した！　なんかテンション上がってきたぜ！　ただ、俺っちの部屋は6畳。それなのにお母さんが買ってくれた大きめの寝られる系ソファがあるせいで、ベッドとソファの距離はほぼゼロ！　ギリギリ動線を確保できるかできないかくらいだぜ！　やっぱりテンション上がってきた！　机はニトリで買った小さめの白机！　白は清潔感があって好印象と書いてあったから参考にさせていただいたぜ！　さぁ、夕紀さんの評価やいかに！？？

「なんかこの白い机いいね」

ちょいと待っておくんなまし！　愛しのあの子がバッチリと食いついてくれたぜ〜？

ただ、ベッドとソファのせいで、動線確保ギリギリの狭さはやっぱり不安だよなぁ？

さぁ、夕紀さんの評価やいかに！

「なんかこのサイズ感もちょうど落ち着くね」

へいへいへいへいへーい！　どうもー！　ＤＪティ中で〜す！　皆聞いたかい？

「ちょうど落ち着くね」だってさ！

部屋で言われたら嬉しい言葉ランキング1位のやつだよね？

これはもうニヤけずにはいられないやつだよね？

勿論、俺はニヤけたぜ？　ニヤけながら思わず、

「えー、なんか適当に買ったけど嬉しいなぁ」

ってカッコつけたぜ！　カッコつけたというか、嘘ついたぜ！　俺は反射的に気に入られる方向に平気で嘘をつくタイプの人間なんだなぁということに改めて気づいたし、別にそんな自分が嫌でもなかったぜ！

さぁ、ここからの2人の会話のテンポ感が凄いよかったから、是非皆聞いてくれ！

ひゅーうぃーごー！

「お酒飲む？」

「飲むっ」

「お任せでいい？」

「是非っ」

へいへいへーい！　いや、これはひらがなじゃ済まないな、ヘイヘイヘーイ！

いや、カタカナでも済まないな、ＨＥＹＨＥＹＨＥＥＥＹ！　伸ばし棒の感じをＥの数で表してみたぜ？？　どうだい？？　皆？　テンポ感がいいだろう？　この心地よさを生んでくれているのは、やはり夕紀さんの言い切りの気持ちよさだろうなぁ！

飲むっ！　是非っ！　のこの言い切りが気持ちいいんだよなぁ！　ちなみにだけど、この言い切りが心地よい返事の時、夕紀さんは口を尖らせていたぜ！

どうだ！　リスナーの男子！　俺が羨ましいだろう？　この言い切りが心地よい返事だけでも可愛いのに、これに口尖らせがプラスされるんだからなぁ、ちなみに、アヒル口くらいあざとい感じじゃないぜ？　それよりはさっぱりした感じの尖らせ方と報告しておこう。テンション上がりすぎたので今日はこの辺で。お相手はＤＪティ中、最後はサザンオールスターズのいなせなロコモーションでお別れです。バイバイ。

　脳内で整理し落ち着いた俺は、飲み物を夕紀さんに聞いた。

「ビールとレモンチューハイどちらにします？」

　それに対して夕紀さんは、目をグッと細めてカッコつけるように言った。

「無論、女はビールっしょ」

　あぁ、楽しい、幸せだ。今まで童貞でモテずにここまでやってきて、悔しい思いも何度もしたが本当によかった。俺は夕紀さんにビールを渡し、自分はレモンチューハイのロング缶を持ち、乾杯した。自分の部屋にこんなに綺麗な人がいることに凄く違和感を抱いた。でも嫌な違和感じゃない。凄く幸せな違和感だった。たわいもない話をした。どこのラーメンが好きだとか、学生時代こうだったとか。さっきの居酒屋よりもしっかりと夕紀さんの表情が見えた。笑った時は子供みたいに、考えている時は眉間に皺を寄せて、とても表情豊かな人だ。

「ん？　なんか顔についてる？」

「あ、いや、なんでも」

　それくらい夕紀さんの表情に俺は釘付けだったんだと思う。この人だったら毎日一緒にいても飽きないだろうなぁ。だってこの人の話をしている表情を見ているだけで、こんなに幸せな気持ちになるんだから。もっとこの人の色んな表情が見たいな。俺の一番好きなとんかつ屋さんに連れていったらどんな表情で食べてくれるんだろう。俺が大好きな地元の海を見せたらどんな表情をするんだろう。

なんだろう。これ。頭の中だけじゃないぞ、あぁそうか、知らなかった。世間的にはだいぶ遅いよなぁ。これが本当なんだな。

俺は27歳で、初恋をした。

そうなんだ。知らなかった。なんだよ。世の偉人たちや作家の人たちも大したことないなぁ、なんでこんな簡単なことを難しく言ったりしていたんだよ。

だから本当に恋をしたことがなかった俺みたいなもんがずっとわからずじまいになるんじゃないか。

恋をしたことがない皆。上から目線にはなるが聞いてくれ。

俺がわかりやすく教えてやる。恋をするとな、頭の中だけじゃない。

身体中がその人でいっぱいになるんだ。

俺は実際に経験したんだ。それを少なくともこの事実を知らない人には伝えたいんだ。知らない人はここで覚えてくれ。俺は今身体中が夕紀さんでいっぱいだ。しかし、そうなると悩んでしまう。俺は今日この人とSEXする気満々だった。しかし、それでいいのか？　徐々に距離を近づけて、ちゃんと付き合いたいと思ってしまう。

というよりこの人と結婚したい。だが聞いたことがあるぞ。小島瑠璃子は付き合う前に

SEXをして身体の相性を確かめるって。だから付き合う前にそうゆうことをするタイプの人もいるってことだろ？　というより俺と付き合うのはないけど、今夜の相手くらいはいいよと思っていた場合は絶対に今日しておきたいぞ。夕紀さんはそうゆうタイプな気もするし、どうしよう。ここの選択はミスれない。

一旦整理しよう。俺は夕紀さんのことが好き。いや大好き。今にも広末涼子が昔歌っていたとってもをすんごい回数言った後に大好きと言うあの歌を歌い出したいくらいだ。夕紀さんもこの感じはだいぶ脈ありだと思う。

ただ付き合うのはめんどい、今夜だけならと思っている可能性もある。

それらを踏まえて整理するとこうなる。

第一希望　付き合ってのちに結婚
第二希望　付き合う
第三希望　今夜SEX、のちに付き合う
第四希望　今夜SEXのみ

第二希望と第三希望は逆になる可能性もあり。そして絶対にありえないのが何もできないこと、これはない！　切腹！　切腹もの！

一生のトラウマになりえる！　さぁどうする。田中よ、考えろ。ここは今までの人生で一番大切な長考するべきポイントだ。付き合いたい、結婚したい、でもSEXしたい、でも付き合いたい、とってもとってもとってもとってもとっても大スキ、よ。

あれ？　あぁ、広末を歌ってしまった。Majiで Koiする5秒前もいいよなぁ。竹内まりやが作ったんだよなぁ。岡本真夜のTOMORROWは結局何度聞いても名曲だよなぁ。歌詞が全てパンチラインなんだよなぁ。涙の数だけ強くなれるよ、アスファルトに咲く花のように。って、凄えよなぁ。アスファルトって時折嘘みたいに熱くなるよなぁ。というより、アスファルトで転んで膝擦りむくことほど痛いことってないよなぁ。

「どしたん？」

グッと顔を近づけて、夕紀さんが言った。危ない……。自分でも信じられないところまで長考していた。考えている時は時間が止まったような感覚でいたが、ちゃんと何秒もボーッとしていたんだ。危なすぎる。

「ごめん！　ちょっとトイレ」

俺はトイレに移動した。そうだ、トイレにさえ行けば長考していたって問題ではない。長いうんこだと思われるだけだ。でも好きな人にうんこが長い奴だと思われるのもなんか嫌だなぁ。そう思い俺は一応ウォシュレットをしてすぐにトイレを出た。トイレに行くと反射的にウォシュレットのボタンを押してしまうんだ。なんてことはどうでもいい。部屋に戻ると夕紀さんが俺の本棚をまじまじと見て言った。


「めっちゃセンスある」

「そう？　女子が読むような漫画なくない？」

「私が好きな漫画しかないもん。マキバオーあんの神だわ」

「夕紀さん、マキバオー読むの？」

「ベアナックル最高！」

「凄い好きじゃん！」

「あ、ラッキーマンも好きだよ！　勝利マン一番好き！」

「俺も！　勝利マン一番かっこいいよね！」


まさか女子とマキバオーとラッキーマンで盛り上がれる日が来るとは思わなかった。お兄ちゃんが持っているのだろうか、しかもマキバオーでベアナックル、ラッキーマンで勝利マンを選ぶセンスも凄くよい。知れば知るほど、夕紀さんの価値は天井知らず。夕紀さんの株が市場に出たら買っておけば絶対に損をすることはないだろう。夕紀さんはラッキーマンの最終巻を手に取り、嬉しそうに笑みを浮かべながら読んでいる。俺はチャンスとばかりに夕紀さんの横顔をずっと見ていた。長い黒髪、しっかりとした眉毛。ぱっちり二重に童顔を演出する幼さが残る唇。どこをどのように見たって悪い部分が見当たらない。改めて綺麗な人だなぁと思った。夕紀さんは視線に気づいたのか、ふっと俺の方を見た。

それから、どのくらい経ったのだろう。

こんなに女性と見つめ合うのは、小学3年生の時に隣の女子とお互いの肖像画を描いた授業以来だろうか。体感では1分くらい見つめ合ったように感じた。実際にはどうだったんだろう、わからない。体感でしかわからんよ。

その時に俺は思った。

そうか、こうゆう時なのか、人ってこうゆう時にキスをするんだ。高校生の時にキスしようと言ってできなかった反省をしよう。おーい。高校生の時の俺よ、そりゃ無理だよ、キスする雰囲気じゃない時に、キスしよっかは無理だよ。実際キスする時ってのはさ、こうやってお互いにキスするんだなぁと思うもんなんだよ。

俺は夕紀さんの肩を優しく掴み、そっと顔を斜めにして唇を近づけた。上手にできるか不安だったけど、できるもんだなぁと思うくらいに自然に俺はキスをしようとした。

その時だった。

「うっそ?」

うっそ?　今夕紀さんうっそ?　って言った?

咄嗟に目を開けると、そこには首が曲がる限界地点であろう140度ほど曲げに曲げた夕紀さんがいた。ほぼほぼ後頭部しか見えないほど夕紀さんは首を曲げていた。

俺は頭が真っ白になった。目を瞑っていたからわからないが、この一瞬で何が起こったんだ?　なぜ140度になっているんだ、愛しの夕紀さん。

短い時間で俺は考えてみた。答えが出たと同時くらいに夕紀さんは言った。

「そんな感じ?」

先ほどまでの表情とは全く違う、嫌悪感を露わにした夕紀さんがそこにはいた。

「田中くん、そんな感じだった?　期待持たせたならごめん、私、そんなつもりないから」

長々とハッキリと全部言われた。どうゆうこと?　今までのは夢?　タクシーで手を繋いだのはなに?　夢?　一瞬、夕紀って呼んだりしてたの、なに?

その後もずっといい感じだったけどなに?　選択肢にないこと言われたけどなに?　状況が掴めない。

「は、はい?」

思わず、俺の口からなんの意味もない言葉が飛び出してきた。まだ冷静になれていない俺に夕紀さんは言った。

「てか私、彼氏いるし」

俺の中で何かがプツンと切れた音がした。それは今までの人生で初めての出来事だった。

そこから俺は止まらなかった。止まれなかった。この一夜で心底好きになった女に一瞬で
裏切られた男がそこにいた。

「彼氏いるの？」

「彼氏いるよ」

「え、男女４人で飲んで、その後男の家来て飲み直して、それで彼氏いるの？」

「いるよ」

「めちゃくちゃマナー違反だよ？」

「は？」

「マジやばいよ。マナー違反すぎるわ、これはまずいよ。やばすぎる、警察呼んだら、君悪いけど即逮捕の即実刑だと思うよ？　史上初の起訴なしのそのまま実刑刑務所臭い飯コースだと思うよ？」

「え？　怖いんだけど？　なに？」

「いやいやいや、逆に怖いのは、彼氏持ちであんなにいい雰囲気で家に転がり込む君の方なんだけど？　君が映画化されたらＴＨＥ　ＪＵＯＮ／呪怨以来のハリウッドで興行収入

1位になると思うよ？　日本人監督としての初めての偉業をぬりかえちゃうよ？　怖すぎて予告編を地上波のテレビで流すのも禁止になるんじゃないかな？　映画のタイトルは『めちゃくちゃ思わせぶりな態度取っておいて家にまで来ておいて彼氏持ちの女』でいい？　世の男性を震え上がらせることになるけど大丈夫？」

「は？　喋りすぎじゃない？　何言ってんの？　やば？　別に思わせぶりな態度なんて取ってないし」

「いやいやいや、タクシーで手を繋いできておりますが？」

「それは私、手が寂しい時普通に繋いじゃうだけだから」

「なに？　その手が寂しいって？　なにそれ？　新種の妖怪？　夜な夜な道を歩いていたら何故か手を誰かに握られている……。あれ？　どうゆうことかと恐る恐る自分の手を見ていると、そこには手を握っている謎の女が！　その女はゆっくり口を開いた。

『私～、手が寂しい時～、普通に～、繋いじゃうよ～、ぎゃーーー！』とゆうこと？　口裂け女以来しばらく出ていなかった新種の妖怪がここにいるってこと？　やば！」

「マジ何言ってんの？　ずっと何言ってるかわからないんだけど？　じゃあ手を繋いだことはごめん。でも彼氏いるからキスとか無理。これでいい？」

「……地元荒れてる？」

「は？　別に荒れてねえよ！」

「いや、地元荒れてなきゃありえないのよ、この行動は！　成人式の日、地元の男、基本袴だったっしょ？」

「成人式の日は普通袴だから」

「普通はスーツなんだよ！　それでごく一部変なヤンキーとかイキリの奴とかが袴着るんだけど少なすぎて浮いちゃうんだよ！　その常識を知らない時点で君の地元は荒れてるんだよ！　あーゆーおけー？」

「それは地域によって違うっしょ？」

「違くないんだよ！　それ今後言わない方がいいよ？　地元の男子が基本袴だったこと」

「は、なんで地元まで馬鹿にされなきゃいけないわけ？」

「別に地元馬鹿にしてるわけじゃないよ？　それくらいおかしなことをしているから占いみたいに当ててるだけだから？」

「マジやばいよ？　こいつなに？　性格悪すぎるわ」

「それはそっちがマナー違反なことするからだからね？」

「私そんなに無茶苦茶言われるくらい悪いことした？」

「まぁ、わからんけど厳しい国だったら、死刑とかあるんじゃない？」

「あるわけねえじゃん」

「あると思うよ？　昔江頭さんがトルコで、でんでん太鼓をお尻に挿して、確か死刑になりかけてるから。観衆の前でお尻にでんでん太鼓挿すのと、今の君なら7：3で君の方が悪いだろうからね」

「なんで私が観衆の前でお尻にでんでん太鼓挿すくらい悪いことしたことになってんの？」

「そのうち駅とかにも指名手配のポスター貼られると思うよ？」

「なんで私がそんなポスター貼られなきゃいけないの？　法を犯したことないからね？」

「いやいや、よっぽど犯罪者より悪いことしてると思うよ？」

「そんなわけねえじゃん！　てかさ、そっちの方がやばいよ？　同意もなしに急にキスしようとしてきたよね？　それって犯罪じゃない？」

「いやいや、今のはドラマで言えばもうＭＩＳＩＡのＥｖｅｒｙｔｈｉｎｇが流れてきてるよ？　マジＭＩＳＩＡ、頭にターバンみたいの巻きに巻いてきていると思うよ？」

「ＭＩＳＩＡが頭にどんだけ巻いててもどうでもいいよ！　そんな話してないから？　やばいよ？　そんな人だと思わなかったわ。ほんとショック」

「俺をこんな人にしたのは君だから！　俺は親に愛情たっぷりかけられて育てられているし、友達だって普通にいたし。優先席だって絶対座らないし、店員さんに絶対ありがとうございますって言うよ？　そんな俺をこんなふうにしたのは君だから」

「私のせいでそんなに怒っちゃったってこと？」

「そうだよ！」

「じゃあ私がやらせてあげればいいってこと？」

「……え？　いや、そんな、別に俺は無理矢理なんてしたくないし」

「無理矢理じゃなかったらしたい？」

「え？」

「無理矢理じゃなかったとしたら、したい？」

彼女の目は真っ直ぐに俺の目を見ていた。その瞳は今までのやりとりがなかったかのように綺麗で、気を抜くと吸い込まれそうだった。俺は改めて彼女に惹かれていることに気づいた。今までの人生のせいではあるにせよ、腹いせのように感情のまま怒りをぶつけてしまった自分が情けなくなった。

「無理矢理じゃなかったら、したい？」

俺は一度落ち着くために深めの瞬きをして言った。

「俺は……君としたい」

夕紀さんは俺と同じように深めに瞬きをしてこう言った。

「ごめん、私好きな人としかできないの」

「てめえ何がしてえんだよ！！」

「ごめんーー……」

「ごめんじゃねえよ！　なんだったんだよ！　ちょっと雰囲気出してんじゃねえよ！」

「えー？　雰囲気出してたー？」

「出してたよ！　完全にこれから雰囲気１８０度変わりまして、なんか意味合ってるかわからんけど、吊り橋効果的な感じで、言い合いからの急激なるエロ展開の雰囲気出してたよ！」

「いやいや、あんな暴言まで言っておいてそこから大逆転はいくらなんでもないでしょ？　無茶だから」

「それを凌駕するくらい綺麗な瞳で俺のこと見つめてくるんじゃねえよ！　危ねえ、マジで好きになるところだったわ！」

「残念だけど、私の彼氏はねアンタみたいに馬鹿でガキじゃなくて。もっとダンディで大人の男だから！！」

「知らねえよ！　もう帰れよ！」

「もう帰るわ」

「帰れよ！　マジで部屋から出てってくれ！」

「マジやばいね〜〜！　もう一生会うことはないね。お疲れ〜！」

「当たり前だよ！　今度お前のツラ見たらしょんべん引っかけてやる！」

「ねえ、なんでしょんべん引っかけるの？」

「いいよ！　もう行けよ！　いちいち引っかかるなよ！」

「さよなら～！」

先ほどまで騒がしかった部屋は急に静かになった。扉がガチャンと閉まる音だけが響いた。

「なんで俺だけ」

少し大袈裟に言った。部屋には彼女の香りだけが残っていた。とてもいい匂いだった。

それと同時に胸がグッと痛かった。

私は幸せ。
誰がなんと言おうと、この人さえいれば幸せ。
そんな人に出会えて本当によかった。
小泉今日子の歌じゃなくても言うよ。あなたに会えてよかったね。
きっと、私って。
でも突然、それが奪われた時、まさか人はこんな行動に出るんだね。
自分のことながらウケるわ。

第2章

今日、旦那を殺す事にした女

大学時代、サークルが一緒だったメンツで女子会。年に1、2回は集まる。男の子は懐かしいメンツで集まると、昔話ばかりするみたいだけど、女子が集まってするのは現状の自慢話、どれだけ自分の方が今充実した日々を送っているか対決。

日々SNSでもそのバトルを繰り広げているにもかかわらず、会ってもこのバトルは勃発する。

「彼氏が最近独立して会社作ったんだよ～、資金集めには苦労してないし、ITの大企業からのバックアップもあるみたいだから大方成功はするみたいだけど～、やっぱりパートナーの身としては不安だよ～」

なぜお医者さんに「逆に白すぎて違和感ないですか？」と確認しなかった？ と思うほど白いインプラントの歯を見せながら起業家の彼氏を持つ友達は語る。

「私は、恋愛一旦いいかなぁ～。今凄く大きいプロジェクトをサブで任されてるからそれで手一杯。私みたいな仕事人間いつ結婚できるのか不安でしょうがないよ、だから皆が羨ましい。けどな～、私毎日充実してて、幸せなんだよな～」

釣りのルアーみたいな迫力満点のピアスを付けたキャリアウーマンの友達が語る。自慢として物足りなかったのか最後にはっきり幸せという単語を使って語った。

「ゆりは今幸せだもんね〜？」

「ゆり結婚ってやっぱりいいもんなの〜？」

2人がそう言ってくる時、私はこう言ってあげることにしている。

「結婚なんてそんないいもんじゃないよ、2人の方が幸せだよ」

「起業家の彼氏大変だよ〜♪」

「結婚は尊敬するよ〜♪」

語尾に音符を付けて2人とも喜んでいる。2人が求めている答えはこれだろう。だから私は2人が求める答えを言ってあげる。けど真実ではない。真実は……。

超絶幸せだ。

だって世界一愛している人と永遠の愛を誓い合ったのだから。

本当に幸せかどうか審議ランプ点灯している人は自分が幸せってことしか口に出せないでしょう？　本当に幸せな人はなんとだって言えるよ？

真実はちゃんとあるから。ほらこんなふうに、

「結婚なんて大したもんじゃないよ〜（私は幸せ）」

＊＊＊

彼と出会ったのは、大学生の時。中学から高校までずっと女子校で、学生生活は色恋とは無縁に過ごしたので、初めての共学である大学にドキドキしていた。私はカフェサークルに勧誘されてなんとなく入った。殆ど女子しかいないサークルは平和そうで心地よかった。3年生から1年生まで10人くらい集まった新歓飲み会に、彼は遅れてやってきた。穴の開いたボロボロの白いTシャツを着て、顔には血まみれのメイクがしてある。

2、3年の先輩方は既に大笑いしている。すると彼が一言、

「ごめん……渋谷のカラスに襲われた」

パーンとクラッカーを鳴らしたように皆が大笑いした。皆が笑ってもまだ彼は痛がったフリをしている。私も思わず少し笑ってしまった。同時に何か今まで味わったことのない感覚が私の全身を駆け巡った。感覚というよりは彼が、彼のことがまるで全身を駆け巡るような。なんて言ったらいいかわからないけど、多分好きになったんだと思う。その時、彼のことをいくつか知った。大学4年生で今日は後輩の賑やかしにだけ来てくれたこと、来年はお笑いの養成所に入るということ、結構モテるということ。とはいえ私から何か行動を起こす勇気などなく、真面目に授業を受けて、真面目にカフェのことを調べていた。

それから2年が経つと、先輩がコンビを組んだという話を聞いてサークルの皆で見に行ったりした。若い女の子に凄い人気だった。1年目でこの人気は凄いらしい。私の好きな人はお笑い界に行ってもちゃんと通用するんだと嬉しくなった。

当時のお笑いにはチケットを演者本人に直接頼む、「置きチケ」という制度があった。沢山頼まれている人ほど人気があるというわかりやすいバロメーターになるのだ。

私は彼の出るライブには全部顔を出していた。その度に、

『明日のセカンドバトル置きチケお願いできますか？』

と彼にLINEをすることができた。その時にはもう自分でも彼を好きなことに気づいていたし、こんなふうにコミュニケーションを取れることが凄く嬉しかった。

『置きチケしてくれる君を崇拝！』

と、崇拝という少し難しい言い回しをわざと使うという抜群のユーモアでいつも返してくれる。ライブのエンディングで彼はいつも大活躍していた。大体エンディングは1年目とかで前に出るのは難しいのに、彼はいつも話題の中心にいて、ファンでいる私は凄く誇

らしかった。彼がいたサークルは辞めてしまったし、授業も楽しくないけど、私は彼の出演するライブを見に行く時だけは全部を忘れて幸せな気分になれる。

彼のライブに半年くらい通った頃だろうか、ライブ終わりに彼の方からＬＩＮＥが来た。

『いつもライブ来てくれてありがとう！　よかったら今からご飯でも行かない？』

突然の誘いで嬉しかった。指定された居酒屋に行くと彼はまだいなかった。掘りごたつに座り、彼を待つ。ワクワクしていた、と同時に色々と考えてしまった。今から口説かれるのだろうか？　とか、芸人さんになってオンオフ激しくてプライベート暗かったらどうしようとか。この半年間、私は彼のことばかり考えていた。だからこそ、あまりにも理想の姿が大きくなってしまっている。あの日、サークルの飲み会にカラスに襲われたと血まみれのメイクで現れた時から。そんなことを考えていると、ムズムズする。掘りごたつの中の足に何かがぶつかる。掘りごたつの中の様子を見ようとしたその時、

「あんれー？　工事の場所間違えちったよ！」

私は驚いて何も言えなかった。

「おい姉ちゃん！　ここ、どこだい？」

だって目の前に、土木作業員の格好をして、泥だらけのメイクをした彼がいるのだから。

「あれ？　すべった？」

彼は不安そうに目をクリッとさせて私の方を見ている。改めて私の心臓はズキューン！

と何かに撃ち抜かれたかのように大きな音を立てた。私は何故か涙が溢れそうになった。

涙目になった私を見て彼は、

「え？　ごめん！　やりすぎた！　引いた？　怖い？」

よく見ると彼のほっぺには髭が3本ずつ生えている。私は聞いた。

「その髭ってなんですか？」

彼は答えた。

「あぁ、これ？　モグラ！」

私はポップコーンが弾けたように大笑いした。今までの人生で一番の大笑いだ。涙が止まらない。こんなに誰かが全力で私だけを笑わせてくれることなんてなかった。安心したように彼は言った。

「よかった〜。ウケた〜。迷子のモグラやりたくて！　あ！　やべ！　サングラスかけるの忘れてた！　モグラはサングラスだろ〜！」

彼が頭を抱えて反省している。やっと笑いが収まってきた。けど心臓の鼓動は相変わらず凄く速い。

「よし！　んじゃ1杯目頼もっか！」

そう言ってヘルメットを脱ぐ彼に、私は言った。

「私と結婚してください！」

我ながら驚いた、何言ってんだろうって。でもこの人とならずっと一緒にいたいって思ってしまった。脳を通して考えて言ったんじゃない。脊髄反射みたいに、熱いものを触った瞬間に手を引っ込めるみたいに口が勝手に言ったんだ。身体を信じる、私のために言った本音なんだと思う。

彼は私の顔を驚いたように見ていた。けど、段々と表情は和らいで優しい顔になり、手に持ったヘルメットを改めて頭に被せて真剣に戯けて言った。

「俺みたいなモグラでよければ」

これが私とぴょんさんの馴れ初めだ。

結婚して5年、私は凄く幸せだ。ただ、ぴょんさんは女性が大好きだから外でちょっとした浮気をよくする。嫌だけど、芸の肥やしとも言うし、それは芸人の嫁として我慢することにしている。だって結局は私のことを一番に考えてくれているのがよくわかるから。

それにいつもすっごく面白い。

それではここで、ぴょんさんのおもろ優し～集をお届けする。

ぴょんさんおもろ優し～集　その1

ぴょんさん「ただいまー」

私「おかえり～」

ぴょんさん「ほいよ」

私「え～？　何これ？」

ぴょんさん「プロポリスのど飴、今朝鼻声だったろ？　風邪のひきはじめにはこれが一番だぜ？」

私「ありがとうー！　優しいね！」

ぴょんさん「これねめっちゃ効くけど、不味くて臭くて喉しびれるよ！」
朝の何気ない私の鼻声に気づいてくれるの優しい〜！　それなのにその飴が不味くて臭くて喉しびれるの面白い！　おもろ優しいポイントは20点中15点ですね！

ぴょんさんおもろ優し〜集　その2

ぴょんさん「ただいまー」
私「おかえり〜」
ぴょんさん「ほいよ」
私「え〜？　何これ？」
ぴょんさん「ミスド！　甘いもん食べたい顔してたっしょ？」
私「嬉しい！　何買ってきたんだろ〜！」
ぴょんさん「エンゼルクリーム8個」
やばい！　マジうちの旦那最高すぎる！　まず私が大好きなミスドで優しい〜、それでなんと言っても全部エンゼルクリームってところ得点高いよね？　私が昔、エンゼルクリームさえあればいいよね！　って言ってたこともよく覚えてくれていてそこも優しい。
これは得点高い！　おもろ優しいポイント17点！

ぴょんさんおもろ優し〜集　その3

ぴょんさん「ただいまー」
私「おかえり〜」
ぴょんさん「可愛い！」
私「え？　なに？　いきなり！」
ぴょんさん「あのさぁ、可愛すぎない？　おっちょこ天使？」
私「は？？（笑）」
ぴょんさん「間違えて現代に舞い降りてしまったおっちょこちょいの天使、おっちょこ天使でしょ？　この〜、おっちょこ天使！」
もう！　面白すぎる！　マジ天才、うちの旦那最高すぎる。このおっちょこ天使ってワード、センス高すぎるし、毎日私のことを可愛いと言ってくれる。
これは文句なしで、おもろ優しいポイント20点！
このおっちょこ天使、面白いから舞台上でも使えば？　と言うと、ぴょんさんはこう言う。
「使わないよ。おっちょこ天使はこの世に君しかいないもん」

とても優しい顔で黒目がちのクリッとしたつぶらな瞳の目をニコッと細くして、こちらに向けてぴょんさんはそう言う。この世界一可愛くて優しい笑顔を見れるのは私の特権だ。

この人との毎日は本当に幸せ、優しくて面白い、だから許せる。どんなに外で浮気をしてこようが、構わない。

ぴょんさんにとっておっちょこ天使は私しかいないんだから。

＊＊＊

今日はまた退屈なお茶会だ。大学のサークル時代の友人と女子会。

「結婚って大変じゃない〜？」

「私はどうしても仕事取っちゃうんだよな〜」

またまた……いつも同じ話題に飽きることなく心地よさそうに語り合っている。古びたテープレコーダーで何度も繰り返し再生されているようだ。何が面白いのか。今の自分の仕事の話、結婚していないことで取ってくる自虐のフリをしたマウント。

「でもSEXをするパートナーはいるよ？」

「そう、彼氏はいらないけど、SEXパートナーは必要だよね」

なんか新ジャンルの話が始まった。女子が恥ずかしげもなく昼間のカフェでSEXって言うなよ。

「SEXは解放だよね？」

「わかる、私SEXの時できるだけ声大きく出すもん」

なんの話だよ。だるいなぁこの2人、SEX中に大きく声出すことを誇らしげにするなよ。

「なんかさぁ、獣になりたいんだよね」

「わかる、SEXの時は野性でありたいよね」

「私ね、前世ライオンなんだと思う」

「私は大きい声出すから狼」

何言ってんのこの2人。てか、なんで私はこの2人にいつも付き合っているんだろう。

「この前凄いプロジェクト任されちゃって」

「私も仕事が本当楽しくて」

いや、SEXや野生動物からよくすぐ仕事の話に戻れるよなぁ。

「私本当毎日充実してる」
「私も毎日が本当に幸せ」

今の日本は承認欲求で溢れている。基本若い人なんて承認欲求に振り回されて生きているのではないだろうか。

昔はなかった欲求だ。戦時中、戦後にはなかった、何故なら他人からどう見られているかなんかより、自分が生きることで精一杯だったから。自分が生きることは憲法の基本的人権の尊重によって保障されてしまった今だからこそ、生まれた欲求なのだろう。私が今の時代に生まれてしまったから、この周りの女たちの承認欲求を満たすのに使われているんだろう。

でも、私はなんでこれがないんだろう。皆が振り回されている承認欲求、そうか、満たされているからだ。一番承認してほしい人に世界で一番愛されていると自信があるからだ。

「でもさぁ～、旦那さんが芸人なんて大変じゃない？」

「浮気とか絶対するでしょ～」

自分の承認欲求をたっぷりと満たしたところで、今度は自分より絶対に不幸な人探しが始まったのか。それのターゲットの私が応えてあげよう。

「浮気とか凄いしてるよ、芸人だから」

2人が犬だったら大喜びして尻尾をびゅんびゅん振っているのがよくわかるくらいにテンションがグッと上がって心配しているフリを始めた。


「かわいそう～」

「もう、別れた方がいいよ～」

「いい弁護士紹介しようか～」

「私たちが友達としてビシッと言うよ～」

「売れてないのに調子乗ってるよね！」

「なんか芸人って遊んでるイメージ通りだね」

オモチャが見つかったもんだから止まらない2人だ。

でもあれだな、わざと調子に乗せたもののなんだかムカついてきたなぁ。


「別れないよ。私世界で一番好きだから」

「世界で一番好きな人が裏切ったら辛いね～」

「なんか、私涙出てきた」

「やばい私も」


誰のためなのか。少なくとも私のためではない涙を流し始めた。凄いなこの2人、どうゆう感情なんだろ。やば。まぁいいや、もう帰ろう。私が席を立つと、

「どこ行くの？」

「大丈夫？」

「今日はとことん付き合うよ？」

「辛い時こそ一緒にいよ！」

私は席に1000円札を叩きつけて言った。

「大丈夫、私おっちょこ天使だから」

2人は少しキョトンとして何か言っている。けど私にはもう聞こえなかった。

久しぶりに新宿に来たけど、くだらない時間を過ごしてしまった。新宿か。久々に来たなぁ、ぴょんさんと昔よく2人で来たル・モンドでも行こうかな、あそこのステーキ美味しいんだよなぁ、ステーキの前に出てくる謎の味付けのシャキシャキのレタスも美味しくて、ぴょんさんはいつも大盛りにしてたなぁ。

私がル・モンドの扉に手をかけたその時、ぴょんさんの声が微かに聞こえた。それと楽しそうな女性の声。私は反射的にル・モンドの柱の陰に隠れた。すると、出てきた。


ぴょんさんと若い女性。


女芸人？　で、いたかな？　今は凄く綺麗な人も多いって言うしね。いや、無理か、浮気か、てかそれは知ってたことだし。なに？　なにを脳内でこんなにテンパってるの私？　芸人の嫁だろ？　覚悟してたし、なにが？　全然平気だし。

ぴょんさんはとても優しい顔で黒目がちのクリッとしたつぶらな瞳の目をニコッと細くして、その女性に微笑みかけていた。

するんだ……。あの顔……皆に。

いやいやいや！　するでしょ別に？　笑い顔は全部一緒でしょ！　問題ない！　全然いい！　私は芸人の嫁だし！　なんか今の時代、「嫁って言うのは女性に失礼だ！」とか言う独身のババア政治家とかババア評論家とかいるけど、うるせえよ！　芸人の嫁であることをこっちは誇りに思ってるんだからとやかく言うなよ！　お前らがそれを言うことで、今まで一切嫁って言葉に偏見なかったのに意識してしまうじゃねえか！　ばか！　バカババア！　あれ？　なにこれ？　なんの話？

私は脳内で精一杯余計なことを考えるようにしていたんだろうか。もうぴょんさんの方に目をやる勇気は私にはなかった。でもいいんだ。本当にいいんだ。だってぴょんさんにとって、私は世界で唯一の、

ぴょんさん「この〜、おっちょこ天使！」

私「？」

女「なにそれー？」

私「？」

ぴょんさん「間違えて現代に舞い降りてしまったおっちょこちょいな天使、君はおっちょこ天使だよ」

私「……」

女「本当ウケるっ！　大好き！」

私「……」

ぴょんさん「こちらこそと言わせてほしいよ！　おっちょこ天使！」

私「……」

私「……」

私「……」

私「……」

私「……」

私「……」

私「……」

私「殺そう」

目が真っ赤に腫れていた。鏡で確認するまでもなかったが一応確認してみた。目の白い部分が全部赤い。目の周りも腫れていて、ザ・さっきまで泣いていた女って感じだ。

そうか、泣いたか、さすがに。でももう大丈夫、今は凄く冷静なのが自分でもよくわかる。だって自分のことを客観的に分析することができる。今まで浮気なんていくらされても平気だと思っていたけど、実際目の前で彼が、あの自分だけのものだと思っていた笑顔を知らない女に振り撒いているのを見てだいぶ落ち込んだ。

そのあとよ、そのあとのおっちょこ天使が自分だけじゃなくて……ダメだ。

もう充分泣いたし、もう、大丈夫だと思っていたのに、また涙が溢れてきた。

あぁ、しゃっくり出てきた。息しづらくなってきた。鼓動が速くなってきた。客観視はできているのにしんどさは変わらない！　やばい！　苦しい！

2時間後。

はぁ、落ち着いた。もう今度こそ落ち着いた。よしよし、おっちょこ天使、おっちょこ

天使、おっちょこ天使、よし、3回くらい考えてみたけど平気だ。今度こそ大丈夫だな。それにしてもどうしようかなぁ、殺すことは決めたんだけどどうやって殺そうかなぁ。

まずは検索か。私はＧｏｏｇｌｅで検索してみた。

［殺人　方法］

なんかあんまりいい感じの出てこないなぁ、ダークウェブ？　なんだそりゃ、よくわかんないなぁ、もっとクックパッドみたいにサッと出てこないもんかなぁ、なんだこれ？　凄いなこの人、「夫を殺す方法」と題したエッセイを書いて実際に旦那殺して終身刑になったんだ。私の先輩みたいなもんか、あ〜、でもこの人は銃で殺したのか！　さすが銃社会だね、凄いなぁ、でも私は銃が手に入らないしな、これはダメだ。なんだこれ？　凄い、旦那殺そうぜサイト？　凄いなぁ、私だけじゃないんだ。なんか初めて仲間がいる感じがしてめっちゃテンション上がってきた。

テンションが上がってきた私は冷蔵庫を開けて、旦那が食べるのを楽しみにしていたスーパーカップのミルクティー味を取り出した。ふふ、旦那を殺すことを考えながら、旦那が大切にしているアイスを食べる、こんな至福の時間があっただろうか、旦那殺そうぜサイト凄いな、えと、殺し方は、あ、ベタに包丁ね！

「包丁でグサリ1発早いですよ！　鶏肉などで刺す練習をしてみてください。大きな骨付き鶏などあると、骨をかわして心臓を貫く練習になりますよ」

なるほど。私は冷蔵庫にちょうど入っていた鶏もも肉をまな板の上に乗せて突き刺した。なんだろう、まな板だと刺している感がないなぁ。私はあの人にＵＦＯキャッチャーで取ってもらったペンギンのぬいぐるみの上に鶏肉を置いて、勢いよく上から突き刺した。

ドブンとかなりいい音がした。鶏肉でこんな音出るんだ……。黒澤明が人を刺すシーンに鶏肉を刺す音を使ったと言うけど、本当なんだなぁ、なんか凄く刺した感あってドキドキするなぁ、私はＹｏｕＴｕｂｅでキングギドラの公開処刑を流しながらもう1発ペンギンをブッ刺した。ドスンと凄い音がした。やばい、気持ちいい、なんかマジで殺した気分だ。さっきよりこのペンギン活力ない顔してる気がするもん、あ、こいつ元から活力ない顔してるからか。なんて考えて1人でクスッと笑った。生臭いペンギンと鶏肉をそのままゴミ箱に捨てた。どれどれ他には？　あ、なるほど絞殺ね、いいなぁ、血とか出ないから包丁よりも後片付けを考えると楽な気がするな、いや、後片付けって料理じゃないんだから。どれ、

［首を絞めるにはある程度力が必要です。ドラマなどでは10秒ほどで死ぬシーンがありますが10秒では無理です。30秒ほど絞めれば意識がなくなってきますので、そこからまた2分ほど、計3分は絞める練習をしておきましょう］

3分か、それくらい楽勝な気がするけどなぁ。私は先ほど捨てたペンギンをもう一度取り出した。家にあった荷造り用のビニール紐でそのペンギンを絞めてみる。iPhoneのストップウォッチをオンにしてスタート！　全力で絞めるってこんなに力使うのか……手にビニール紐が食い込んで痛い、え？　まだ10秒?!　これを30秒は無理だ。私は生臭いペンギンとビニール紐をゴミ箱に捨てた。もっと簡単な方法ないのかなぁ、あ！　毒殺だ！　めっちゃいいじゃん！

［毒殺はだいぶオススメですよ。ホームセンターで手に入る毒物は沢山ありますので。ただ今は身分証などがないと買えないのでご注意ください。あと、バレたら簡単に足がつきますよ］

なるほどなぁ、簡単で血とかで汚れないし、力もいらない、最高じゃん！　毒で殺すパターン、ドラマで多いと思ったらそういうことだったんだ。なんかテンション上がってきた。てゆうかこのサイトマジ面白いなぁ、人気の記事ってどんな感じなんだろ？

人気記事トップ5

[旦那を殺したすぎる]
[世界で一番憎いやつ]
[旦那が死んだら世界は薔薇色]
[皆で殺せば怖くない旦那のこと]
[やったぜ！　遂に死んでくれた！]

凄いな、皆どれだけ旦那を恨んでいるのか、憎んでいるのか、死んでほしいか、そういう書き込みで溢れてるなぁ。こうゆうのが人気なんだ。あ、凄い、[やったぜ！　遂に死んでくれた！] の記事、死んでくれてどれだけ嬉しいかという喜びの声凄いな。嬉しさのたとえ凄い多いもん。

この嬉しさをたとえるのであれば

［宝くじで3億円当たった］
［菅田将暉が私にメロメロ］
［宇宙旅行無料招待］
［ケンタッキー今後の人生食べ放題］
［全身長澤まさみと取り替えられる権利］
［映画館一生無料］

それに対しておめでとう！　ってコメントが２００!?

［マジでおめでとう！　他人のことだけどこんなに嬉しいの初めて！］
［私何故か泣いてる、神様は見てるね！］
［幸せ分けてほしい！］
［大好きな阪神が優勝した時くらい嬉しい］
［努力は必ず報われるね！］

凄いなぁ、このコメントだけ見たらまさか旦那が死んだなんて思わないもんなぁ、皆そんなに死んでほしいんだ。皆そんなに殺したいんだ。旦那のことを一度はこの人のためなら死んでもいいっていうくらい愛してた人もいるだろう、今持ってるもの全部投げ打ってでも結ばれたい！　って思った人もいるだろう。事実、殺人を犯した旦那を守るために妻が協力したなんて事件もあるし。皆、世界でこの人だけいればそれでいいってくらい、それぐらい熱い恋をしたのに、それぐらい大きな愛があったのに、ここに書き込んでる人は皆、

旦那を殺したくなっちゃうんだ。

不思議だね、愛情が裏返ると、こんなことになっちゃうんだ。芸能人でもチュッチュカメラの前で熱々のキスしてる夫婦ほどちゃんと離婚するもんなぁ。離婚調停で鬼のような顔してるもんなぁ。ＹｏｕＴｕｂｅで旦那の悪口羅列してる女優さんの顔般若みたいだったもんなぁ……。

私は、そんなにあの人のこと嫌いなのかな。

私は、殺したいくらい憎いのかな。

ううん、嫌いじゃないよ。好きだよ。ずっと変わらず大好きだよ。あの人くらい好きなもののたとえなんて出てこないくらい圧倒的に第１位。永久１位。殿堂入り。レジェンド。レジェンドオブレジェンドだよ。でもね、殺すんだよ。

好きだから。

その人はね、
面白かった。
カッコよかった。
愛おしかった。
でも……。
なんで堂々と愛せないんだろう。
なんで堂々と自慢できないんだろう。

（第 3 章）

不倫していることで成長していると思っている女

子供の頃から自分が可愛いことは、ある程度理解していた。

だって「可愛い」って言われる回数が他の子と比べて多いんだもん。

大人たちは子供は皆可愛いって言うけど、明らかに違ったんだよなぁ。

周りの子が10「可愛いねえ」って言われてる時、私は30くらい「可愛いねえ」って言われてたもん。

それに、どうやったら周りに可愛いって思ってもらえるかもわかってた。それは母親から教えてもらった。私が生まれた時からお母さんはシングルマザーでお父さんの話は一切してくれなかったし、聞いても話したくなさそうだったから、私もそこまで聞こうとは思わなかった。


お母さんは近所のスナックで働いていてモテにモテていた。周りの男たちをいい具合に手玉に取っていたし、家にテレビで見たことがあるタレントが来たこともあった。その人は超デラックス版のシルバニアファミリーを買ってくれた。そんなに遊ばなかったけどね。

お母さんの好きだったところは家に男をどんなに連れてきても私が一番大切だったところ。

私のことを「あなたは私の宝物」って皆に言ってくれてたし、私も絶対的な愛情を感じていた。どんな男が来たってお母さんを取られる！　とかは思ったことがない。でも私は少しでもお母さんの評価が上がればいいなって、お母さんが連れてくる男たちに可愛いと思ってもらえることをした。

愛嬌を振り撒くのは勿論、銀座のキャバ嬢も真っ青な褒めスキルを発揮した。その他男が喜ぶ細かいニュアンスはなんとなくお母さんから盗んでいた。記憶を遡ると保育園から私はモテていた。周りの男の子全員が私と将来結婚するって言ってたし、お遊戯で私と手を繋ぎたくて泣いてる男の子とかもいた。

一度ふざけて「私は姫よ？　皆平伏しなさい！」って言ったらクラスの男の子全員が片膝ついたこともあった。

当時の担任の女の保育士がわざわざ家に来て、

「あなたの娘さんは園でおかしいです」

ってお母さんに伝えたら、すっごく嬉しそうに私に耳打ちで、

「あんたはお母さんに似てモテるね」

と言ってくれた。

「あの保育士さん、モテなそうだもんね？　妬いてんのかな？」

とまた耳打ちして、２人でくすくす笑った。小学生に上がっても止まらなかったなぁ。低学年の時は私が給食で食べたいものはいくつも献上された。給食の前に、

「今日のデザートクレープ沢山食べたいな～」

と言ったらクラスの男子全員が私にくれた時は本当に笑ったなぁ。高学年からは胸もふくらんできてた。これはお母さんが女の胸は武器になるんだから！　と幼児の頃から牛乳をガンガン飲ませてくれたことが早めにこれでもかと効果を見せたんだと思う。

我ながらこのルックスにこの胸は鬼に金棒だなぁと感じていた。周りの女子はプールの授業を、何かと言い訳してよく休んでいたが、私は根が真面目ってのもあるのか、毎回ちゃんとプールに入っていた。

男子からも先生からも視線を感じすぎてウケた。

「何見てんの？　この中も見るー？」

とか言ってからかうと、男子が顔真っ赤にするからすっごいウケた。引きこもりだった男の子が私の水着姿見たさに4年ぶりに学校に来た時にはその子の両親に凄く感謝された。その話をお母さんにしたら凄く笑ってくれて嬉しかった。

注目されるのは嫌いじゃないし、そりゃ私なら注目されることも、見られることも、仕方がないって、とゆうか注目されることを楽しんでいた。

でもこの頃、女子の妬みみたいなのが露骨に始まってマジでだるかった。小6の時かな？　近所にあるイトーヨーカドーへ行く通り道にロケット公園っていうデカいロケットの形をした遊具がある公園があった。不良とかがペンで落書きしまくって、本当は青いはずのロケットが遠くからだと黒く見えるほどだった。

んで、お母さんと2人でヨーカドーへ行く前にロケット公園の前を通りかかった時でも同じクラスの女の子が2人いてペンを持ってロケットに何か書いていた。

「何書いてんのー？」

って、私が公園の外から声をかけたら2人は驚いたように走ってどっか行ってしまった。怪しいなぁと思っていたらお母さんが2人が何かを書いていたロケットの方に走っていって、何かを見つけてじっとそこを見ている。

何が書いてあるんだろうと、私もお母さんの視線の先を見た。そしたらそこには、

『エッチしたい人、ここに連絡して〜！　04×-2××-××78』

それはうちの家の電話番号だった。私は怖くなって気が動転してしまったし、思わずその場で泣き崩れてしまった。お母さんは私の頭の上にポンッと優しく手を置いて撫でながらこう言ってくれた。

「どうするー？　証拠は掴んでるんだから、あの2人をお母さん、とっ捕まえてボコボコにすることもできるよ？　お母さんね、あなたを傷つける人だったら子供だって容赦しないからさ？」

私はお母さんに思いっきり抱きついた。お母さんも強すぎるくらいに私を抱き抱えてくれた。不思議だった、不安な気持ちがお母さんの身体を通してどんどん溶けてなくなっていくようだった。

「忘れないで。あなたには超綺麗で超強くて超優しいお母さんがいるってこと」

お母さんが私を抱きしめながら耳元でこう言ってくれた時、不安や悲しい気持ちが一切なくなった。

「お母さん！　ボコボコにしなくていい！　私、あいつら許す！」

「ふふふ。許してあげるなんて優しいのね？」

「当たり前じゃん！　私は超優しくて、超強くて、超可愛いお母さんの娘なんだから」

「最高の娘だわ、私の宝物」

「それにあの子たち、ブスだし！」

お母さんは手を叩いて笑った。

「そうだね、あの子たちブスだったね！（笑）クラスでモテないでしょ？」

「そりゃモテないよ？　だってクラスの男子は全員私のことが好きだもん」

「ふふ、私の娘だねー」

お母さんはまた大袈裟なくらいに私を抱きしめた。わざと痛いくらいに、それが凄く面白いし、楽しいいし、嬉しかった。

「それじゃあ、ヨーカドーでペンキ買ってきてこれ消しますか？」

「うん！」

2人で日曜大工フェアのコーナーで私の大好きなピンクのペンキを買った。そのペンキでお母さんがロケットをピンクにしてくれた。2人でピンクのロケットを見て笑った。無許可でこんなことをしてよかったのか。でも未だにここのロケットはそれ以来ピンクだ。

「なんかお腹空いたねえ～」

「うん、お腹空いた！」

「夕紀は何食べたい？」

「うんとね、ステーキ！」

「ふふふ、それじゃあ今日はロイヤルホストだ！」

「え!?　誕生日じゃないのに?!」

誕生日にしか行けないロイヤルホストにお母さんは連れてってくれた。ステーキを食べてその後パフェも食べさせてくれた。次の日2人が私に泣きながら謝ってきた。事情を聞くと、2人が大好きだった近藤くんを私が振ったことが原因らしい。振ったことさえ私は覚えてなかったけど。私はお母さんから教えてもらった言葉を2人に言った。

「そんなことしてると、本当にブスになっちゃうよ？」

私が中学生になりたての時、可愛い子が入ってきたって有名だった。田舎だからすぐに噂が広まっちゃって、皆が私をクラスまで見に来ていた。そしたら、3年生の野球部のエースで男前で背が高い、学園のヒーロー的存在の長谷川先輩に告白された。

別に私は特にかっこいいとも思ってなかったけど、早めに一度付き合うのも人生経験だなぁと思って付き合ってみることにした。学園のヒーローと学園のマドンナの交際とか言われて気分は悪くなかった。

それどころか途中からは長谷川先輩のことが好きになっていたと思う。私は今でもそうだけど、コミュニケーションを取れば取るほどどんどん好きになっていくタイプというか、好きになっていった。長谷川先輩はとにかく優しかった。私のことが大好きだったんだと思うけど、登校と下校は自転車で送ってくれるし、学校の中で隠れてお菓子をくれるし、初めてのSEXの時も向こうは初めてじゃなかったみたいで、すっごく優しかった。

メールで私の体調を毎日気遣ってくれるし、年上の男性って素敵だなぁって。2つしか違わないのに、長谷川先輩は凄く年上に感じた。逆に同級生が見てられないくらい子供で、全員に愛想を振り撒くのをやめたのもこの頃。

全員馬鹿でキーキーうるさい猿かゴリラくらいにしか思えなかった。モテる必要もないし中学の時の私の印象は同級生の男子からしたら最悪だと思う。

長谷川先輩さえいればそれでいいと感じていた。

あんまり私は頭がよくなかったから、私は長谷川先輩と同じ高校には行けなかった。自分が進学した高校に来た教育実習の大学生が押尾学似の超イケメンで、私に連絡先を渡してきたからすぐに付き合った。長谷川先輩は、凄く泣いてたけど、女って切り替え早いなぁと客観的に感じたりしていた。

だって、私が16歳の時の22歳だなんて超大人に感じたし、禁断の恋をしている感じで教育実習中は毎日ドキドキしてもうすっごく刺激的だった。夜に学校に忍び込んでＳＥＸしたこともあってそしたら、

「何してるんですか？」

最中も最中にアルソックの人が入ってきた。彼氏は未成年が相手だったこともあって書類送検された。可哀想とも思ったけど、向こうが学校でしようって言ってきたし、その時に超絶言い訳したり、私に罪をなすりつけようとして慌てる姿が情けなくて、一瞬で冷めた。イケメンなんて雑魚ばっかりなんだなってイメージになっちゃった。

アルソック事件の時、勿論お母さんにも色々バレちゃったけど、全く私を責めなかった。

学校に私を迎えに来て、私の手を雑に、でもぎゅっと握って、

「顔のいい男は中身からっぽだから気をつけな？　あなたみたいないい女とは釣り合わないよ？　男は包容力だよ」

とわざとらしく大袈裟にドヤ顔して言った。

「なにドヤ顔してるの？」

「だって本当だもん！　お母さんの経験を信じなさい！」

「でもな〜色んな人とすぐに別れるじゃん！」

「あ、なに？　あ、それじゃ夕紀はロイヤルホストのステーキいらないんだね〜」

「え！　やったー！　誕生日じゃないのに！」

「よーしロイヤルホストまで競走！　勝ったらパフェもつける！」

私たちは大笑いしながら走った。私と違って運動神経も抜群のお母さんが圧勝だった。けど、お母さんは私にパフェをご馳走してくれた。

大好きなお母さんのその言葉は当時の私にすっごく刺さった。

高校卒業してやりたいことのなかった私は、唯一くらいに仲良くしてくれた友人に誘われて別に興味もなかったけど美容専門学校に行くことにした。そこの同級生の男どもは、

どいつもこいつも前髪長ホスト崩れキモ男みたいな感じの奴ばっかり。

学校で学ぶことに興味はないし、私を誘った友達はやっぱり女優になるとか言って学校辞めて劇団に入った。私は、お母さんに学校のお金を出してもらってるし、東京への引っ越しの初期費用なんかも全部出してもらってるし、学校への興味なんて一切なくなっていたけど、なかなか辞めることができずにいた。

そんな私にしつこく付き纏う奴がいた。筧という男だ。こいつは親が社長で顔もまぁまぁいいのか、結構モテていた。だが、とにかく自慢話が多い。お父さんが社長トークが1日に4回、隣の席から何が楽しいのか笑い声と共に、毎日のように聞こえてくる。それを取り巻きの、美容学校に何しに来たのかわからんブスデブが囲んでいる。

「ねえ？　夕紀ってさぁ食べ物何好き？」

いや喋ったことないのになんでいきなり下の名前？　ダル。いや、身体には香水振り散らかしてるのに口は臭いんかい。ダルこいつ。

「ねえ！　筧くんが聞いてるんだよ⁉」

「なんとか言いなよ⁉」

周りのブスがとやかく騒いでいる。このブスたちだるいなぁ、なんでそんな露出高い服着てんだよ。教えてくれよ。家で鏡見て「これでよし！」ってなったの？　いや、ならないでしょ？　ベタにボンレスハムみたいになってるよ？　ショートパンツ穿くなよ。ショートパンツが可哀想だよ。ショートパンツがフリーザに爆破させられた時のクリリンみたいに内側からドカンといかれてしまいそうですよ。

だったら、街で小走りしてるところでパンッ！　て弾けちまえよ、そのショートパンツ。でもまぁ、このブスたちいつもいつもうるせえから、黙らせるか。私は小学生以来、久しぶりに可愛い技術ＭＡＸにしてみることにした。ドラゴンボールのピッコロがターバンを外す時を私は脳内で想像した。もうお気づきだろうか？

私の家の本棚にはお母さんが好きだった、ドラゴンボール、幽★遊★白書、スラムダンクと１９９０年代の少年ジャンプ三本柱があったのさ。

そんなことよりなんだっけ、質問。あぁ、好きな食べ物か。

「えー、なんでも好きだよー。私好き嫌いとかないからさー。けどやっぱり白いご飯が大好きっ！　オカズはステーキかなぁ～、バターたっぷりで味濃いレアのやつ！」

ブスが笑った。

「えー？　女子で好きな食べ物聞かれてまず白いご飯？　ステーキ？　そんな人いない

よ？」

「なんか柔道部みたい」

ブスで馬鹿なんかいコイツら。ダル。さすがのダルビッシュでも自分の名前がダルビッシュなの忘れてコイツらの前では「ダル」って言うだろうなぁ。

あのなぁ、男は私みたいな女子ががっつり白いご飯とか食べてるの好きなんだよ。ギャップだよギャップ。

ほれ見てみろ、アンタらの大好きな単細胞の筧くん、目がハートになっとるじゃないか。まぁ、アンタらがこれ言ったらまんま柔道部になっちゃうからやめときー。

「白米好きな女の子って可愛いよなぁ！　夕紀、そしたらさ、俺のお父さん社長なんだけどさ」

それにしても、こいつ頭悪いなぁ。まだいたんだ。自分のお父さん＝社長を戦闘力にする奴。もうダサい奴の代名詞みたいになるから言わないでくんない？

「うちのお父さん行きつけの高級ステーキ屋さんあるから一緒に行かない？」

「えー、私たちも行きたーい！　私たちも白米大好きなんだ～！」

だからアンタらが白米好きなのはまんまなんだよ。君らは坊主じゃないだけで、ほぼ裸の大将だから？　それに気づいてお願い！

「夕紀？　どうかな？」

自信満々のキモ面と臭い息をぶら下げた筧に私はグッと顔を近づけて恥ずかしそうにこう言った。

「恥ずい。喉鳴っちゃった」

どうだ？　今思わずきゅんって聞こえてきたろ？　おいでブスども、気をつけろよ！　アンタらが喉鳴ったらまんまだからな？　私だから意味があるんだからな？　置き換えようとはするなよ？　ほら見てみろよ。筧の目ハートですやん。口開きっぱなしですやん。

ブスたちへの復讐のためだけに大嫌いな筧とステーキを食べに来てしまった。よさそうな店、よさそうなＢＧＭ、よさそうなお肉を見せてくれたところまでは覚えてる。そっからはあんまり記憶がないその理由は……。

「ペラペラペラペラ」

筧がもの凄い講釈を垂れている。自慢話を垂らしたいだけ垂らしてる。途中スイッチを完全にオフにした私にはもうペラペラにしか聞こえなかった。まるで筧のペラペラの人間性そのまんまで笑いそうになってしまった。その笑いを見てウケたと勘違いした筧がまた、

「わかる？　そうなんだよ～ペラペラペラペラ～」

妖怪ペラペラ人間！　と脳内で戯けてみたけど、苛立ちの方が勝ってもう笑えなかった。それにしても乗せてしまった。筧を調子に。しかし、このステーキも美味しいには美味しいがなんか違うんだよなぁ。目の前のコックもなんかスカしてる感じだし、ちょび髭蓄えてるし。

「まずは最初はお塩でどうぞ？」とか言ってるし、「その後はお好みでわさび醤油でどうぞ？」とか言ってるし。わかるよ？　わかるけど、私が好きなステーキは昔ロイヤルホストで食べたような、あの味の濃いソースがたっぷりかかった、霜降りとかじゃないけど柔らかい赤み肉のあれがステーキなんだ。

ほらちょび髭が頼んでもないのに小さいサイコロにしてくれてるよ。ロイヤルホストの

ステーキは違うんだよ。子供ながらに大胆に大きく切って口いっぱいに頬張るんだ。こんなの脂軟らか立方体じゃん。そんな脳内独り言にふけっていて忘れた頃にふと横を見ると、

「ペラペラペラペラペラペラ〜」

まだ喋ってたんかい！　怖っ！　凄いなぁ、人って。スイッチ切るとこんなにも喋ってる奴の声が聞こえなくなるもんかね。

「すみませーん！　ビールお代わりください」

私はお酒が特別好きなわけじゃないし、1人で家にいる時は飲まない。お母さんに似てお酒はそんなに強くない。お母さんはスナック勤めだったけど、家でも飲まないし、スナックから酔っ払って帰ってくることも少なかった。

お酒そんなに好きじゃないけど、弱くもないのかなぁって思っていたけど、

「夕紀、いい女はね、お酒なんて飲まなくても男が寄ってくるのよ？」

と私が高校に上がったくらいからよく言っていた。私もそんなに強くないし、男に飲ませればいいやと思っていたけど、お母さんはたまに酔っ払って帰る日は決まってこう言った。

「しょうもない男と飲んでる時だけ激まず。悪酔いするのよ」

なるほど、男がつまんないとこんなにも飲まずにはいられないんだなぁ。勉強になりやす、田舎のお母ちゃん。その後なんて言ってたっけ。

「ただね、いい男と飲んでる時ってずっとフワフワしてて美味しいの。お酒の味がその人との相性を教えてくれるのよ」

そんな男と出会える日は来るのかねえ、と感じる20歳の娘です。

ふと横を見ると、

「ぺぺぺぺー！　ぺぺー！」

捲し立ててるんかい！　話の山場なんかい！　聞こえないけど山場感は伝わったわ！

私はちょび髭コックからビールを受け取りそのまま置かずにゴクゴクと飲み干した。

勿論味は激まずだ。私は思いっきり悪酔いしていた。

気がついたら場所が変わってＢＡＲのような店の奥のボックス席のような場所に２人でくの字形に座っていた。私はずっとテーブルにうつ伏せになって殆ど寝ていたのだろうか？

あぁ、ペラペラとも聞こえないけど、筧のジェスチャーだけで自慢話なのがわかる。

ジェスチャーゲームでお題が自慢話だったらこいつ最強だろうなぁ。つまんないなぁ、気持ち悪いなぁ、お母さんに会いたいなぁ、電話しようかなぁ、田舎帰ろうかなぁ、でも心配かけるかなぁ、お母さんのこと大好きだから心配だけはかけたくないなぁ、東京って別に楽しくないなぁ、友達できないなぁ、帰りてえ。

私は鞄と上着を抱えて席を立った。


「ご馳走ー」

「ペラ帰ペなんでペラペラ」

何かよくわかんない言語を喋るペラペラ星人の言葉を無視して私はＢＡＲの外に出た。ＢＡＲがありそうな裏路地のような場所だった。ここまでどうやって来たのか全く覚えてない。


「ねえ、なんで？　俺なんかした？」

今の時刻は午前1時。なんかしたと言われたら推定4時間自慢話を聞かされたなぁ。それはもうなんかされたってことでいいもんな。

「ねえ、電車ないっしょ？　ホテル行かない？」

き、きちぃなぁペラペラ星人、こいつが実際にペラペラに見えてきたわ。強風が吹いて飛ばされていくことを私は強く願った。

「俺、めっちゃSEXうまいよ？」

き、き、き、き、きちぃ。きちぃの五つ星だな、こいつ。それを言って付いてくる女いないだろ。その発言がプラスにならないということが何故わからないんだ。

「さっきも言ったけど、俺、女絶対にいかせるよ？」

いや、あの自慢話の時にその話含まれてたんかい！　身振り手振りで！　ペラペラの中にはそんな地獄が詰まってたんかい！　そりゃ私の優秀な耳はシャットアウトするわ。

「ごめん、私明日早いから」

その場を足早に立ち去ろうとする私の腕をペラペラ星人は掴んだ。

「さんざん奢ったのになんだよ！」

なんてダサいセリフなんだろ、このセリフを言ったらダサいなぁ。これだけは言ったら負けだなぁとか考えないのかな？　掴む力が思ったより強くてイラッとしたのもあるのか、私は口が滑った。

「放してよ！　ペラペラ星人！」

ペラペラ星人は細い目を最大限に広げて黒目を小さくして、口はあんぐりと開けたまんま、

「ペ、ペラペラ星人？」

私の作った架空のキャラクターであるから勿論お耳にはお初であったろうに、言葉の響きとパワーで撃沈って結構な悪口と感じたのだろう酷く傷ついた様子でもあった。

「なんだよ！　ペラペラ星人って！」

私もいつもならそんなに酷いことは言わないけど、この日は特別酔っていたのもあるし、筧には普段からイライラしていたのもあって爆発した。

「あなただよ！　いつも自慢話ばっかりしてそれが恥ずかしいことだって気づいてないの？　親父が社長だなんだって大声でよく言えるね？　俺の戦闘力はお父さんが社長、それ以外はありませんよー！　って言ってるようなもんなんだよ。だから、あなたは中身なしのペラペラ星人なの！　私あなたの自慢話全部ペラペラって聞こえてるからね？」

私は掴まれている手を思いっきり振り払った。筧は顔を真っ赤にして、身体は少し震えている。何か言いたそうだけど、第一声がなかなか出ない様子だった。さっきまであんなに幸せそうに自慢話を捲し立てていたのに、あまりにも変わり果てた姿に私は少し笑ってしまった。その笑った姿を見て怒りが更に込み上げてきたのか筧は私に向かって言い放っ

た。

「うるせえ！　ブス！」

筧からしたら、一矢報いるための定型文のような悪口だったのだろう。ただ、私からしたら人生で初めて言われる言葉だった。

ブス？　私が？

保育園の頃、周りの子が10可愛いと言われてる時、30言われてた私が？

小学生の時、クラス全員の男子から給食のデザートクレープを貰った私が？

中学の頃、学園のヒーローの先輩と付き合ってた私が？

高校の頃、教育実習生とエロいことしてた私が？

あの綺麗で優しくて強い大好きなお母さんの娘の私が？

ブス？

「私がブスなわけねえだろ！！！」

気がついたら私は筧の胸ぐらを掴んでいた。私にもう少しだけ力があったら筧は浮いていたはずだ。

「お前はブスだよ！」

「ブスじゃねえよ！」

「ブスだ！」

「ブスじゃねえよ！」

「ブスだ！」

「いーや、お前はとびっきり……ブスだ！」

私たちは胸ぐらを掴み合いながら、ブスだブスじゃないの押し問答をした。私の方が身長は20センチほど低いしガタイも全然違うけど、2人の掴み合いの力の強さはちょうど互角だった。

ただ、筧も腐っても男。段々力に差が生まれていった。身体にひしひしと感じる男の力の強さが私の中で恐怖に変わっていた。

「助けて……」

誰かに伝わるような大きな声ではないが、思わず少し声が出てしまった。

「ヒッヒッヒ、誰も助けになんか来てくれねえよ」

わざと悪役を買って出てくれてる？　と言わんばかりの情けないセリフが筧から飛び出

した。もうこいつ「ヒッヒッヒ」って言ってるじゃん。親はお金かけてコイツをこんなあからさまな雑魚悪役に育てたの？

「さぁ、俺様とホテルに行くか？」

もう俺様とか言ってるじゃん。やば、昔の漫画じゃん。しかも面白くない方の漫画じゃん。雑魚中の雑魚悪役じゃん。ただ、手を掴む力はドンドン強くなっていく。こんな雑魚でも恐怖は大きくなっていった。

「助けて！　お母さん！」

不思議と浮かんだのはやっぱりお母さんだった。田舎から東京に来てくれるわけないのはわかっているのに思わずお母さんと叫んでしまった。私が隙を見て走って逃げようとしたその時だった。

「お母さんじゃないけど、助けてもいい？」

優しい笑顔の男性がそこにはいた。

「俺はお母さんっていうよりはお父さんかもだけど、助けていいかな？　いや、助けるのに許可得るのは変か？」

凄く落ち着いた声の人だった。私の中でこんな覚なんかに、なんで恐怖覚えてたんだろうと不思議に思うくらい。

「おい！　てめえ何者だよ!?　すっこんでろ！」

私が将来映画を撮ることがあるとするならば、雑魚役は絶対覚にやってもらいたいと決意するほどの見事な雑魚っぷりだ。

「よそもんはさっさと帰れってんだよ！」

よくもまぁ、そんな雑魚として１２０点みたいなセリフが次から次へと出てくるものだ。なんか雑魚であることに本人も乗っているのか？

「まぁ、嫌がってるんだからやめてあげなよ。ここは俺の顔に免じて！　って君とも初対面か？　ね、まだ若いし未来もある、こんなところで警察の厄介になるのは嫌でしょ？」

「……はい。嫌です」

「それだったら、今日のところは帰ろう、君、若い頃の豊川悦司に似てるから、明日にはもっといい女が君の横にいるかもよ？　どう？」

「はい。嬉しいです」

　雑魚界のプリンス、筧の表情が柔らかくなった。この人の声は落ち着くし、言葉には不思議な説得力があるのに嫌味がなく、ひねくれた人間でも素直に呑み込ますような力があった。

「それじゃあ、今日のところは帰ろう？」

「でも」

「いいよ！　さっきから遠くで見てたけど、こんな気の強い女もういいじゃん。君も少し意地になってるだけなんじゃない？」

「……確かに」

「気にすんな。トヨエッ！　君には明日会ういい女が待っているのだぞ！」

「はい！」

「んじゃ、今日のところは帰るんだ」

「はい！」

「声が小さい！」

「はいっ！！」

「もっと！」

「はいっ！！」

「そんなんじゃいい女が寄ってこないぞ？」

「はいっ！！！！！」

「いい返事だ！　よし行け！」

「ありがとうございましたっ！！！！！」


野球部で3年生が卒業する時の最後の紅白戦ですっごく楽しく試合をして、でもこれで本当に引退なんだって全員が実感して涙を流しながら最後に帽子を取って整列した時の「ありがとうございました！」ばりのありがとうございました！　だった。

そのまま筧は何故か駆け足で帰っていった。

「ありがとうございました」

私は筧の異様な去り際に目を奪われ、忘れていたお礼を、改めて頭を下げてしっかりとした。

「ごめんね、本当ならぶん殴って助けたかったんだけど、俺めっちゃ喧嘩弱いからさ」

そう言ってくしゃっと笑った。この人は笑うと目がなくなるんだ。この人の笑顔を見てると凄く落ち着くなぁと思った。私はマジマジとその人の顔を見てしまった。

「え？　なに？　俺、鼻毛出てる？　そうじゃなきゃ、成立しない顔の覗き込み方してたけど？」

鼻を押さえて私に戯けてみせた。私は思わず声に出して笑った。するとその方も笑った。

「お礼に一杯奢らせていただけませんか？」

自分でも驚いた。初対面の人をこうやって誘うなんて初めてだった。でもここでお別れするのが嫌だったから、もう少しだけお話ししたいと思ったから。その方は少し驚いた表情をして、また目がなくなるほどニコッと笑った。

「先に言われたか〜、俺が本当は誘いたかったくらいだよ。とゆうか俺が誘ったってことにしてくれない？　とゆうか俺に奢らせてー！」

私に両手を合わせて頼み込むようなポーズを取る。私たちは2人して笑った。

嫌な思い出しかないけど、他に飲み屋を探すのも面倒だし、何より入り口の前で言い争いして迷惑かけたような気もして、筧とさっきまでいたＢＡＲに入ることにした。

「何飲む？」

「えと、私は、ファジーネーブル」

「へぇ、可愛いの飲むんだね。俺はビール行くわ！　ＢＡＲだけどカクテルとかよくわかんなくてさ」

普段の私だったら、男性は意外にビールを頼む女子が好きなのを知っているから同じようにビールを頼んだりしていた。けど、なんでだろう。

カクテルなんて今までの人生で一度も頼んだことがなかったし、可愛こぶってこうゆうカクテル頼む女子を逆にモテないのに馬鹿だなぁと思ったりもしていた。それなのに今は自分がそれをしてしまっている。

「うまいなぁ、はぁ、これで太らなかったらいいのに。こんなに美味しいのに太るし身体によくないなんて神様も意地悪でビールを作ったよね」

よく思われようとかではなく、本当に飲みたくて頼んだんだろうなぁ。
そう言わずにいられないくらい目の前で美味しそうにビールを飲んでいる。私もこの人と一緒にビールを飲みたかったなぁ。なんで素直にビールを頼まなかったんだろう。私は別に好きでもないし、美味しくもないファジーネーブルを一口可愛く飲んだ。

「いいよ。もっと素でいて」

「え？」

私が今考えてたこと、それどころか今までの人生全てを見透かされたように感じた。

「なんでですか？」

「だって君、さっきあの男とめちゃくちゃ掴み合いしてたじゃん、私はブスじゃない！　って凄い剣幕で。笑っちゃったよ！」

あ、見透かされているとかではなく、あの瞬間を見られていたのか。私は恥ずかしくて多分顔も耳も真っ赤になっていた。目の前のファジーネーブルをぐっと飲み干して、

「すみません！　ビールください！」

彼は笑った、凄く豪快で大きな声で。でも全然嫌じゃなかった。それどころか彼の笑い声は不思議と凄く場を明るくし、思わず釣られて私も大きな声で笑ってしまった。私はマスターからビールを受け取ると、大袈裟に飲み干した。彼がまた大笑いしてくれた。私はその時のビールに驚いた。

すっごく美味しい。

さっきのビールはあんなに美味しくなかったのに。同じビールなのに、こんなに違うなんて……。

お母さんが言ってたことは本当だったんだ。

「お酒の味がその人との相性を教えてくれるのよ。いい男と飲んでいるお酒はすっごく美味しいの」

私はお母さんの言葉を思い出して、こうも露骨に美味しいとマズイを比べられるんだと思ったらおかしくてクスッと笑ってしまった。彼は私の笑顔を見て、同じようにクスッと笑ってくれた。それと同時に彼のことを知りたくなってた。

「お名前はなんて言うんですか？」

「名前は亮太、でも、ぴょんでいいよ」

「ぴょん？」

「俺、芸人やってるんだ。芸名がぴょんで周りの皆もそう呼ぶから、本名で呼ばれるのはなんかくすぐったいんだ」

「うん、ぴょんさん！　そう言われたら兎みたいな顔してますね！　だからぴょんってあだ名なんですか？」

「違うよ。ぴょんぴょん飛び跳ねてたからぴょんって言われるようになったんだ」

そう言ってぴょんさんは少し笑った。でも、その時のぴょんさんの笑顔はなんだか兎に似ていた。はぁ、ドキドキする。

デートってこんなにドキドキするもんなんだ。だとすると今までデートだと思っていたのは、ただのお出掛けだな。ＢＡＲで2人でたわいもない話で盛り上がって気がつけば朝方。ぴょんさんに駅まで送ってもらって、帰り際、どうしてももうこれでぴょんさんに会えないなんて寂しすぎると思った私は、

「あの、今度デートしてくれませんか？」

「ふふ、女子からのお誘いを断るほど、俺は野暮な男じゃないぜ？」

約束のデート場所は水族館だった。

「ザ・デート」という感じで、私はとびきりドキドキしていた。私は知らなかったけど、ぴょんさんはお笑い好きの間では結構名前が知られているらしくて、ＹｏｕＴｕｂｅにも沢山動画が上がったりもしていたけど、私は見なかった。理由はうまくは言えないけど、これを見てしまうと私の中の本物のぴょんさんが虚像になってしまうような気がしたのだ。

「夕紀ちゃん、今からアシカショーあるみたいだよ、見に行こうっ！」

「はいっ！」

平日だったからかアシカショーには20人程度しか人がおらず、ただそのお陰でだいぶ前の方でアシカショーを見ることができた。輪投げを首でキャッチしたり、鼻でほうきのバランスを取ったり、笑ったり。ぴょんさんはアシカが何かするたびに、ビックリしたり、応援したり、大口を開けて笑ったり。私はアシカではなく7：3くらいの割合でぴょんさんの方を見ていた。

「では、お客様の中でアシカのあーちゃんとほうきのバランス対決してくれるよー！　って方はいらっしゃいますかー？」

突如としてアシカのあーちゃんの対戦相手募集。

平日で子供もおらず、大人ばかりの中で人数も少なく目立つのも恥ずかしくて、なかなか誰も手を上げなかった。


「いらっしゃいませんかー？」

アシカの隣のポニーテールのお姉さんが少し困った顔をしている。

「あ、お兄さん！　ありがとうございます」

隣を見るとぴょんさんが学級委員長顔負けの真っ直ぐで綺麗な手の上げ方をしていた。

ぴょんさんは私の方を見て、

「俺、絶対にあーちゃんに負けねえから」

とタッチの達也が浅倉南に言うように大袈裟に言った。私も乗っかって、

「ぴょんさん、絶対に負けないで！」

と浅倉南ばりのアニメ声で対抗した。

「皆様、まずお兄さんに大きな拍手ー！　ではこのほうきでどちらが長くバランスを取っていられるかの勝負になります」

とお姉さんはぴょんさんにほうきを渡した。ぴょんさんはほうきを舐め回すようにわざ

と眉間に皺を寄せて、口をへの字にしてみせた。周りの20人ほどの観客はクスクスと笑い出した。

お姉さんが、

「どうされました?」

と言うとぴょんさんはお姉さんの方を見て、

「こりゃ良いほうきだ」

と言って周りをドッと笑わせた。私も皆と同じように笑って、スマホで動画を撮り始めた。

「よーいスタート!」

お姉さんの掛け声でほうきのバランスを取り始める。アシカは鼻の上にほうきを乗せて微動だにしない。ぴょんさんはわざとらしくジタバタと大袈裟に動き回る、その表情は必死で周りの観客は大笑いしている。私も涙を流して大笑いした。誰もぴょんさんが芸人だなんて知らない。でもこんなに皆を笑顔にさせている。

私はぴょんさんが誇らしかった。

ぴょんさんは面白かった。

ぴょんさんはカッコよかった。

ぴょんさんは愛おしかった。

そっか、今まで私は何度も恋した気でいたけど、今までのは恋じゃないじゃん。

今まで色んな人が恋する感覚をたとえてきたけど、恋してみると簡単だ。

身体中が好きな人でいっぱいになるんだ。

私は今、ぴょんさんで身体が埋まっているもん。他が入る隙間なんてコンマ2センチもございません。恋をするってこうゆう感覚なんだ。

ぴょんさんはほうきを落とし大袈裟に転んで、あーちゃんに手を差し出し言った。

「いい勝負だった！」

観客が手を叩いて笑った。お姉さんも手を叩いて笑った。アシカのあーちゃんが前ヒレを叩いて笑うと思わずぴょんさんも笑った。私もカメラを覗き込んで泣きながら笑った。

「くそう……あと一歩だったのに」

「でもウケてましたよ」

「だよね？　盛り上がってたよね？」

満足そうに笑顔になるぴょんさんの手を私はギュッと握った。ぴょんさんは少し驚いた顔をしていたが、私がニコッと笑うのと同じようにニコッと笑い返して、手を握り返してくれた。その日は人生で感じたことがないくらい充実した幸せな気持ちでいっぱいだった。

でもそんな日も終わりを迎える。


「それじゃあね、楽しかったよ」

嫌だった。ぴょんさんとの一日が終わるのが嫌だった。

「私帰りたくないです」

「え？」

「ずっとぴょんさんと一緒にいたいんです」

「帰りたくないって女の子を帰らすほど、俺は野暮な男じゃないよ？」

そのまま私たちはホテルに泊まってSEXをした。

ぴょんさんは終わった後もサービス精神の塊で、子供の頃の話から最近の芸人仲間の話まで、沢山聞かせてくれた。


「その田中って後輩が、ネットカフェでバイトしててさぁ、おばちゃんがシャワールームでうんこして、なにうんこしてるんですか！　って怒ったら、冗談やん！　って言ったんだって！」

「やだー、もう、面白い！　その田中さんって後輩さんと仲良しなんですね」

「そうだね、面白い奴なんだよ」

「私と付き合ってもらえませんか？」


気がついたら頭よりも先に口が動いていた。自分でもなんでこんなこと言ったんだろうって、少しパニックになった。今までの人生で告白なんて勿論したことなかったし、今思えば帰りたくないですなんて言う勇気よくあったなぁと思ったけど、違う。

本当に愛おしくて愛おしくてたまらない時って勝手に口から出てきちゃうんだなぁ、って自分の中で感心したりしちゃっていた。


「そっか……」


今まで「女の子を放っておくほど野暮じゃないよ？」と笑いにして受け入れてくれていたぴょんさんが困っている。まずいどうしよう。

でも嘘でーす！　なんて、言いたくない。だって本当だから。私は勇気を出してぴょんさんが何か言ってくれるのを待つことにした。2分くらい沈黙しただろうか？　凄く長く感じたが、ぴょんさんが口を開いてくれた。

「ごめん、俺結婚してるんだ」

全く想像していない言葉が返ってきた。何故だろう、こんなに素敵な人なんだからモテるに決まってる。でも彼女がいることさえ想定してなかった。だから予想外すぎて次は私が2分くらい黙ってしまった。

「ごめんね、先に言うべきだったよね。夕紀ちゃんと一緒にいるのが楽しくて、なかなか言えなかったよ。ずるいよね、ごめん」

今までぴょんさんが一度も見せたことがない悲しい表情。私も悲しくなった、奥さんがいたことよりも何よりも、その表情をぴょんさんにさせてしまったことに。

「私、奥さんいてもいいです!」

なんか古臭い、ダサいセリフが口から飛び出した。言った瞬間、恥ずかしくて恥ずかしくてしょうがない気持ちになった。想像通りぴょんさんは驚いた表情をしている、私はニコッと笑ってぴょんさんの手を握る。

ぴょんさんはニコッと笑い返して、手を握り返してくれた。

日曜日 PM3:00

渋谷のマクドナルド。満席なのは当然として、席が空くのを待って若い子がそこかしこに立っている。日曜日のマックは人口密度がフェスくらい高い。私は美容学校時代の友達とドリンクLとポテトのLで粘っている。飲み切ったファンタグレープ、氷が溶けて、ほのかにぶどうの味？　というか匂いがする程度のゲキ薄ぶどう水を暇つぶしがわりに飲んで、たわいもない会話を続ける。

「岩渕は最近いい人いないの？」

「いないよー。劇団忙しいし、最近は食べログハマってるし、そんな余裕ないもん！」

劇団に入って学校を辞めたため、半年振りに会う友人は少しふっくらしていた。

「もぉ、美容学校時代より絶対太ったよね？　痩せなよー、痩せたら可愛いのに」

「夕紀、わかってないねえ〜、男ってこれくらい肉付きいい方が好きなんだって！　劇団の男子メンバーが言ってたよ？」

「そんなもんかねえ」

「ねえ、夕紀は？　まだあの男と付き合ってるの？」

「まぁね」

「やめなよー。不倫なんでしょ？　21歳と不倫する男なんてろくでもないよ？」

1年前から続いているぴょんさんとの関係。岩渕にだけは半年前会った時も、LINEでもよく話していた。

「あの人はそうゆう嫌な感じじゃないの」

「そうなの？　友達としてはやめてほしいけどなぁ」

「私が選んだ道なの、凄く辛い夜もあるけどね」

ぴょんさんと会えるのは凄く幸せだけど、なんで堂々と恋できないんだろう。ぴょんさんとのことを堂々と自慢できないんだろう。たまに凄く辛くなる夜が本当にある。

大好きだけど、こんなに辛いのに私はなんでこんなことを続けてるんだろうと考えていると、岩渕が優しい顔をしてこう言った。

「夕紀……大人だね」

「え？　私大人かな？」

「大人だよ。だって私たちくらいの年齢で不倫なんてしてる子いないと思うよ？」

そうか、私は大人なのか。こんなに苦しい、こんなに複雑な想いを抱えて。

「岩渕、でもね、大人になるのも楽じゃないよ？」

とか言ってみちゃったりした。なんか凄い、同世代でいないよね？　私くらい複雑な想い抱えてる子いないよね？

「岩渕、こんなに辛いなら、恋なんてしなければよかった」

とか言ってみちゃったりした！　だって思ってるもん！

シャワー浴びてる時とか、お風呂に潜ってぴょんさん！　って叫んだりしてるもん！

やばい、そっか、私は特別な経験してるんだなぁ。

「私も普通の恋してみたかったなぁ」

とか言ってみちゃったりした！


「コンパとかする？」

岩渕が私にそう言った。

「コンパ？」

「うん、私も劇団と食べログばっかで男に興味なさすぎて、これから芝居で食べてくならそうゆう経験もしとけって！　劇団の男たちが言うんだよねえ」

「うん、ありがとう。岩渕がそこまで言うなら、行ってみようかな？」

勿論、ぴょんさんにしか興味はない。

でもそうゆう経験もしてみてもいいかなぁと興味本位で思った。


当日岩渕と待ち合わせをしてお店に行くと、汚い店に中の中みたいな男が2人いた。

折角岩渕が作ってくれた機会だし、私は久しぶりに男惚れさせモードにスイッチを入れる。男子2人も思いのほか面白くて、盛り上げようともしてくれるし、凄く楽しかった。

途中くらいかな？　急に片方の男が、

「田中ってさぁ、童貞なんだよ?」

と言い出した。別にそんなんどっちでもいいじゃんと私は思っていたのだけど、言われた方の男が凄く辛そうな顔をしている。あんなに楽しそうにしていたのに。私は童貞の子をかばってあげた。だって本当に思ったから。遊び回って経験人数数えてそうな雑魚界のプリンス筧より100倍いいに決まってる。

するとその童貞の男、田中くん? 田中くんかな? が凄く救われたような表情をしてこちらに会釈したので私はニコッと笑いかけた。バツが悪くなったその男の子はトイレに立った。岩渕もトイレに立った。田中くんは、2人になってドキドキしたような表情を浮かべる。私は勿論ぴょんさんのことが好きだ。

でもこのウブな感じも凄く可愛いなぁと感じていた。すると、

「この後、うちで飲み直しません?」

田中くん、凄く勇気を振り絞ったような表情をしている。沢山笑わせてもらったし、少し飲み直すぐらいならいいか。

「いいよ」

タクシーに2人で乗って田中くんの家に向かう。10分くらいで着くと言ったのに全然着

かない。途中で嘘だと白状された。勝手に嘘をついて、勝手に白状して、勝手に先生に怒られた中学生みたいな顔で反省している。

私はちょっと、ちょっとだけ、田中くんのことを可愛いと思った。それは、別に、私にはぴょんさんがいるから全然恋愛的なことではなくて。ぴょんさんは大人で強い人だから、私が助けてあげることなんてなくて、いつも私はぴょんさんに与えられてばっかり。それに、彼は私だけのものにはならない。

ぴょんさんが大好きだからこそできたこの隙間を、田中くんの愛おしさで埋められてる気がした。童貞を気にして、タクシーで嘘ついて、反省してて。

私は彼の手を握った。

田中くんは私の顔を見て、驚いた顔をして、安心した顔をして、少し手を握り返した。まるで気分は出来の悪いお馬鹿な弟がいるお姉ちゃん。年齢を考えたら大分お兄ちゃんだけどね。そこからもタクシーで涙を流すくらい盛り上がった。やっぱり凄く合う。この人とはこんな関係で長く付き合っていける気がする。大事な相談をしたり。男の人だけど、田中くんにならぴょんさんの話とか相談してみようかなとまで思えていた。

彼の家でも凄く2人の会話が合う。なんかリズムがいい、凄く心地がいい。ぴょんさんが私に言ってくれた言葉。

「いいよ。もっと素でいて」

でもやっぱりぴょんさんの前だと大好きっていうのもあって、ちょっと可愛こぶったりしてしまう。素でいるのはなかなか難しい。けど、田中くんの前だと素でいられる。本当に兄妹みたいな関係になれるんだろうな。漫画の趣味も驚いた、マキバオーとラッキーマン。お母さんの影響で昔のジャンプコミックが好きな私にはたまらない。決めた！　田中くんとは一生の友になろう、今日は朝まで語るんだ。ぴょんさんの相談もしてみよう！

そう思っていた。

それなのに、向こうが不意に私にキスをしようとしてきた。

そんなつもりは一切なかったから本当に驚いた。ちゃんと彼氏がいること、そんなつもりはなかったことを伝えると、そこから田中くんは血相を変えて、捲し立てるように怒り出した。私が何を言ってもダメ、もう止まらない田中くん。

気がつくと、私は怒りのままに部屋を飛び出していた。

「はー、ビックリした。やばすぎる、なんなの、あいつ！」

ドアの外で私は思わず独り言を言い冷静さを保っていた。ただ、なんだろう、全然違ったんだよな、筧と。筧の時は本当にムカついたし、怖かったし、大嫌いだと思った。けど、田中くんのことを嫌いになることはできなかった。よく考えてみたら、私が思わせぶりな態度を取っていたのも事実だし、手を握ったのも私が悪い。兄妹みたいな関係だと思ってしまっていたけど、それは私が勝手に思っていたことだ。

向こうが今日期待していたとしたら？

童貞をやっと卒業できると思っていたとしたら？

私は凄く悪いことをしたのではなかろうか？

あんなに優しそうな、出来の悪い愛おしい弟を怒らせたのは私じゃないだろうか？

そして何より、田中くんとこれで縁が切れるのは嫌だった。私はドアを開けて部屋に戻った。

「え？　え？　な、なに戻ってきてんの？　やば！　怖！」

当然だが、田中くんは凄く動揺していた。目は真っ赤だから、泣いていたと思う。童貞でこんな目に遭って涙まで流して、私は凄く申し訳ない気持ちになった。

「ごめん！」

「……え⁉」

突然私が頭を下げたもんだから、田中くんは動揺していた。

「な、なんだよ！　さっきまでと全然違うじゃん怖いよ！」

「私が悪かった。沢山期待させて、彼氏いるって、そりゃムカつくよね。さっき外で冷静に考えたら、私もそう思ったんだ」

「……いや、俺もなんか、感情に任せて言いすぎてごめん」

ソファに座っていたのに、わざわざ立ち上がって、私に目線を合わせて、田中くんは謝ってくれた。私も思ったことを全部喋った。

「私ね、田中くんとはいい友達になれると思ったの。なんていうか、話も合うし、リズムも合うし、田中くんの前では素直でいられるんだ」

「いい友達？」

難しそうな顔で田中くんは言った。私はニコッと、

「そう友達！」

と返した。すると田中くんは下を向いて少し考える表情をして、わかりやすく唾を飲んで、真剣な表情で私に言った。

「それって、セフレってこと？」

あまりに真剣な表情で言うもんだから、私は思わず吹き出してしまった。

「え？　違うの？　ごめん！」

焦った田中くんも愛おしかった。可愛かった。

「セフレにはなれないよ。彼氏に悪いもん」

「いや、勿論！　ごめん！　なんか、勘違いしちゃった」

「でもごめんね、変に期待させちゃって」

「いやいや、でも嬉しいよ。友達でも。俺もさ、凄く楽しいもん！　夕紀さんと話してると」

「ふふ、ありがとう」

「でも危なかった〜、危ね〜」

「ん？　なに危ないって、どうしたの？」

「今だから言うとさ、結構好きになりそうだったんだ」

「私を？」

「うん。出会ってすぐだけど、めっちゃ好きだった」

「また〜、やりたかっただけでしょ？」

「う〜ん、そうなのかなぁ。なんかね、夕紀さんのこと、全身で好き！　って、身体中で好きってなったような感じがして。それって今までの人生でなかった気がしたんだよなぁ」

やっぱり田中くんとは合うなぁ、そうだよね。誰になんて言われようが好きってその感じだよね。全身がその人でいっぱいになるんだよね。私もぴょんさんでいっぱいだったもん。

他が入る隙間なんて全くないくらい。でもね、今はね、田中くんをちょびっとなら受け入れる隙間ができたかもしれない。

「初めて、する?」

私は田中くんにそう言った。

「え? どうゆうこと?」

私はそのまま田中くんにキスをした。そのままSEXをした。

なんていうか、田中くんとのSEXは、

結構よかった。

なんて言えば良いんだ。
でも、本人は心からそこを今の自分の居場所に感じているんだ。
何も言えねえ……。
詐欺とかだったらすぐ言える。
「やめろっ!!」って、
でも、これは、なんて言ったら良いか……。

第4章

ハプニングバーでオレンジデイズくらい青春している友人

まだボーッとしている。夕紀さんと俺はSEXをした。童貞が長い人の初めての場合は、夢中でよくわかんない感じになったり、ハードルが上がりすぎて、こんな感じなんだ～と残念がったりすることもよくあると聞いていた。我々童貞長い組の先人の皆様よ。ごめん。

SEX、凄くよかった。

こんなにいいものなのですね！　想像を超えてきましたよ。ハードルもだいぶ上がっていたのにです。あの～、子供ができた親がなんでこんなに可愛いって教えてくれなかったんだ！　と言うそうです。皆、子供は可愛いと散々言っていたのにそれじゃ足りないくらいの可愛さが子供にはある。それ凄くわかります。凄くいいです。好きです。夕紀さん好きです。昨日の今日で言うのもなんですが、会いたいです！　いや、いやらしい気持ちとかではなくて、純粋に話したいのです。抱きしめたいのです。強いて言えば、SEXしたいのです。いや、したいんかい！　俺爆笑。

でもなぁ、大好きな彼氏がいるんだもんなぁ、昨日はありがとう的なＬＩＮＥもしてみたけど返ってこないしなぁ、あんな素敵なレイディと付き合える男は幸せだよなぁ……。
誰もいない劇場の大楽屋のソファの上で歴代の芸人さん１００名くらいの唾液やら汗やらが染み付いたクッションをぎゅっと抱きしめ顔を埋めながら考えていた。すると背後から声が聞こえる。

「あのすみません、ヒートテックと野菜どこですか？」

ぴょんさんだ。ぴょんさんのボケは相変わらず頭２つ抜けて面白い。ユニクロの大ヒット商品であるヒートテックとユニクロが大失敗した野菜産業を両方出してくることによって対比で笑えて、懐かしさで笑えて、答え合わせで笑える。相変わらず天才だと感心しすぎて、

「いや、ユニクロもう野菜売ってねぇよ！」

少しツッコミが遅れてしまった。それでもぴょんさんは優しい表情でこちらを見ている。

「おはよ」

「おはようございます！」

「なんかご機嫌じゃん」

「え？　そんなことないですよ！」

「そうか～？　ご機嫌じゃない人はクッションに顔を埋めて足バタバタさせないだろ？」

ぴょんさんに全て見られていたみたいだ。

「なぁ、コンパどうだった？」

「え？」

「なーに言ってんだよ、この前言ってたろ？　コンパに行くんです！　って」

「あ……」

昨日のことは、なんでも話せる存在であるぴょんさんに話した方がいい。これまでで最もお世話になった先輩だから。ただ、なんだか凄く恥ずかしかった。自分が恋をしてしまったのも、初めてSEXをしたのも。俺は初めてぴょんさんに嘘をついた。

「いや～、全然ダメでしたよ～！　またすぐに帰られちゃって、なんか相手に彼氏もいたみたいで、冗談じゃないですよ！　結局いつも女に舐められっぱなしなんだよなぁ……」

するとぴょんさんは、わざと目を細くして疑っているような表情をした。

「ふ～ん。俺には何かいいことあったように見えたけどな～」

ぴょんさんには全てお見通しのような気がした。ぴょんさんはお笑いの平場でもMCが求めていることがわかるかのように立ち回りもボケるのも上手だ。普段からも凄く勘がいい。俺は正直に話した。するとぴょんさんは凄く喜んでくれた。

「よっしゃ！　マジか！　おめでとう！　めっちゃ嬉しいよ！　よくやった！」

「ありがとうございます！　女抱きまくりのぴょんさんからしたら、小さい一歩かもしれませんが、私にとってはとても大きな一歩です！」

「いやニール・アームストロングか！」

「いや、アームストロング船長のフルネーム知ってるの珍しいな！」

「……田中、お前には言っとくけど、俺そんなにSEXしてないよ？」

「え？　だって合コンで無双だって、皆言ってるじゃないですか！」

「先輩に呼ばれたり、芸の肥やしだと思って女の子との飲み会には顔出したりするけど、笑わすだけ。笑わすだけ笑わせたら普通に帰るよ。経験人数も嫁さん入れて2人だけ」

「そうなんですね、知らなかった。モテモテだと思ってました」

「まぁ、モテるけどな。なんかさ、女の考えてることって凄く嫌なことが多いんだよ。他人の悪口とか、自己中なことばっかり」

「ん？　なんでそんなんわかるんですか？」

「わかるよ、女の考えてることなんて。だから本当に信用できる人としかしたくないんだよ」

「なるほど、モテ男の哲学っすね」

「お前もさ、昨日の人大切にしろよ」

「え？」

「好きなんだろ？」

「いや、でも彼氏いるらしいし」

「好きなら奪っちまえよ！」

「え？　いやでもそんな」

「全身がその人でいっぱいなくらい好きなんだろ？」

「は？　いや、なんで？」

俺はあまりにも全て見透かされて恥ずかしくなった。

「お前もわかりやすいなぁ、表現がだせえよ！　他にあんだろ！」

「は？　いや、俺は言ってないですよ！　あなたが勝手に言っただけでしょ！」

「そーか、なんかお前だったらそんなふうに思ってる気がするけどな～」

「まぁ、そうですけど」

「人生で初めてだろ？　そんなに好きになったの。だったらさ、一世一代の大アプローチしろよ」

「いや、でも」

「俺らはさ、織田裕二でも反町隆史でもないんだぜ？　俺ら如きはさ、好きになったら熱量で押すことぐらいでしかそいつらに勝てないだろ？　好きな時くらいマジになっても誰も笑わないよ」

「……はい！」

「それでこそ俺の後輩だ！」

ぴょんさんが俺の肩を力強く揉んだ。痛いくらいに。

急に着信のバイブがポケットを揺らした。このタイミング、今夕方の18時、ＬＩＮＥの返信を仕事終わりに落ち着いてするのにも、食事の誘いにもベストタイミング。そして何よりぴょんさんのお陰で、決心がついた恋。

間違いないだろう、俺は急いでｉＰｈｏｎｅのホームボタンに親指を置いた。

……綾瀬だった。

綾瀬からの急な着信、詳しいことは言わず。

『泊めてくれない？』

俺の家に綾瀬が久しぶりに泊まりに来た。俺は昔のトレンディドラマよろしくキンキンに冷えたビールを綾瀬に投げ渡した。

「なんだよ、何しに来たんだよ？」

綾瀬は立ち上がり、受け取ったビールを冷蔵庫にしまい、特茶に取り替えた。

「飲んできたからこれ貰っていい？」

「……いいよ。んで？　なに？」

特茶を美味しそうに豪快に飲む。半分くらいまで一度に飲んでいた。

「あー、美味い。特茶ってさぁ、単純に味美味くない？」

「いや、美味いよ。特茶の成分何もなくても俺味で買ってるもん」

「わかるわぁ～」

「なぁ」


綾瀬のやつ、昨日のコンパのことに全く触れてこない。俺は昨日夕紀さんとSEXをしたことを、長いこと童貞であることを馬鹿にしてきた綾瀬にかましてやりたかったのに、こいつにだけは言おうと決めてたのに。普通気になるだろ？　でも全然聞いてこない。

「いや～特茶美味いわ～。特茶とレモンティーさえあればいいわ～」

まだこいつは不毛なドリンクトークを繰り広げている。くそ、自分からは自慢っぽく見られるから言いたくなかったのに、何故聞いてこない綾瀬め。俺は痺れを切らして、自分からジャブを打つことにした。

「昨日さ、綾瀬どうだったの？」

「え？」

「いや、岩渕さんとだよ。２人になったろ？」

「いや、別に何も。普通に帰った」

「そう」

くそ！　もっと来いよ。全然来ないじゃん。俺がどうだったか、次は聞くのそっちのターンだろうよ！　もうストレートに言おう。

「俺昨日したよ？」

「なに？」

「いや、夕紀さんとＳＥＸしたわ」

「マジ？」

「うん、マジでよかったわ。最高、好きになったわ」

「いいじゃん！　よかったじゃん！　おめでとう！　めっちゃ嬉しい！　自分のことのよ

うに嬉しいよ！」

「あ、ありがとう」

「いやぁ、実は俺もさぁ〜」

待てよ、嫌な予感がする。綾瀬はこんなふうに他人の幸福を喜べるような人間じゃない。ということは、始まるんだ。ここから、綾瀬の自慢話が……。大体いつもこの入りはその予兆。くそう、自慢話をしたのは俺の方。俺から語らせて、それに乗っかる形で綾瀬が自然に話すみたいな構図になっている。まぁいい。綾瀬とこんなくだらない脳内駆け引きはやめよう。素直にこいつの自慢も呑み込もう。昔の俺にはできなかったが今の俺にはそれができる度量がある。

「どうしたん？」

「実はさっきまでSEXしてたんだよ」

綾瀬は自慢する時、これでもかとドヤ顔をする。一重まぶたを強調するかの如くの流し目に、片方が吊り上がった口。この表情一つで綾瀬はサークル員10人に嫌われた伝説を持つ。それは、ドヤ綾瀬嫌われの乱として知られる。俺は逆に愛くるしく感じているくらいだ。

「綾瀬マジか！　昨日コンパやって、今日別口でSEXしてるの凄いな！」

「いやさ、俺お前に誘われたから昨日のコンパ断れなかったけど、最近充実してんのよ」

「そうなの⁉　凄えじゃん！　昨日言えよ！」

「言えないよ、言えないよ～！　大学の仲間が助けを求めてるんだからさ～」

「あ、そう。そのSEXした人って彼女か？」

「いや。違うよ。彼女いないって～」

「じゃあセフレってやつ？」

「違うかな～」

「なになに？　どこで出会った人なの？」

残り少ない特茶を持っては、大袈裟に戦国武将よろしく、ぐっと飲み干して、ドヤ顔のドヤ綾瀬が、俺に言った。

「ハプニングバー」

「ハプニングバー⁉　それって犯罪なんじゃやないの？」

ドヤ綾瀬がグッと俺に顔を近づけて言った。

「限りなく黒に近いグレー」

「いや、村上龍か！」

一重まぶたを更に重くし、口を半開きにして綾瀬が言った。

「え?」

「あ、いや、限りなく透明に近いブルーみたいに言ってたからさ」

無心でうんこしているブルドッグのような顔をして綾瀬が言った。

「え?」

綾瀬は意図したわけではなくたまたま村上龍被りをしてしまったようだ。

「え? なに? ごめん? ん?」

綾瀬がパニックを起こしたブルドッグみたいな顔をしている。申し訳ない、ドヤ綾瀬からまさかのブルドッグ。話を続けた。

「大丈夫なの? ハプニングバーなんて?」

「いや、会員制だし、警察が来るならママが小さい手紙渡してくれるから」

「ん? その手紙なんて書いてあるの?」

「警察来た。チンコ出すべからずって」

「凄いな……。ハプニングバーって普段はもうチンコ出てるんだ」

綾瀬が一重まぶたが重そうにドヤ顔でこう言った。

「基本出てるね、誰かしらは」

なんでこいつはチンコを誰かが出していることにこんなに誇らしいドヤ顔ができるのだ

ろう、凄いな。ただハプニングバーなんて、聞いたことはあったけど実態はよくわからない。興味は尽きない。

「へー、職業とかどんな人が来るの？」

「いや、案外普通の人来るよ」

「まぁ、警察対策はわかるけど、どんな人が来るのよ、普通の人は来ないだろ？」

綾瀬が上目遣いの険しい顔で俺に言った。

「それはわからない、個人のことを深く知ることを我々は禁止されてる。それが……」

もう既に空の特茶のペットボトルを大きな音を立てて捻って言った。

「ハプニングバーの掟だ」

もう綾瀬は止められないゾーンにまで来ているようだ。

「ハプニングバーってどうゆうシステムなの？」

「1万円払ったら飲み放題で、中に個室とか沢山あるんだよ。んで、気に入った相手が見つかったら、合意の上で個室に移動してするのよ。その個室には窓が付いていて、外から全部見えるのよ」

「凄え！　なんかワクワクするシステムだな。相手って見つかるもんなの？　ハプニングバーってSEX簡単にできるの？」

「簡単かは、相手次第だな。やれそうかやれそうにないかをまず最初に知って、自分とやれそうなパートナーを見つけるのが大事だな」

綾瀬はハプニングバーで見つけた相手をパートナーと呼んでいる。欧米とかで、ちゃんとした相手の時に使う言葉なのに。

「綾瀬わかんの？　自分とやれるやれないとか」

「わかるよ。わかると無駄な時間を無駄な相手に一切使わずに済むからいいよ」

「凄えなぁ、楽しんでんだなぁ」

「マジで最高の居場所だよ。俺毎日幸せだもん」

綾瀬が本当に幸せそうな顔で言っているのが怖かった。修学旅行中みたいな顔をしていた。

「俺本当に幸せだよ。この前もさ、ハプバー仲間6人で温泉旅行に行ったんだよ」

「え？　温泉？？」

「そうだよ。俺が車出してさ、いやぁ、楽しかった……」

めちゃくちゃキモいと思ったが、それを言ってはいけない。今の綾瀬の自我が崩壊するような気がした。

「凄いな、写真見せてよ」

綾瀬が大袈裟な欧米人のようにオーマイガーのボディランゲージをして大きなため息をついて言った。

「おいおい、俺たちの間で写真は御法度だろ？　個人情報は残してはいけないのさ」

俺はここから、綾瀬のためにもちゃんと本音を口に出して言うことにした。

「いやキモいな！！　写真禁止ってどんな旅行だよ！　スパイの修学旅行みたいなことしてんじゃねえよ！　気持ち悪ぃ！」

ふと綾瀬を見ると、大きく口を開けて、重たそうな一重まぶたを限界まで開けて驚いていた。

「ずっとキモいよ！　その集団なんだよ！　個人情報禁止ならなんて呼び合ってんだよ！」

「な、なに怒ってんだよ。あだ名だよ」

「怒るよ！　お前のためだよ！　お前のあだ名なんだよ」

「ドヤ顔一重まぶた」

「めっちゃバレてるじゃん！　そのコミュニティ、ちゃんと人見てるわ！　短い付き合いなのに綾瀬の本質めちゃバレしてるじゃん！」

「そう！　皆本質を見てるんだよ！　チンコも見てるしな！」

「うるせえよ！　当然のように乱交するなよ！　気持ち悪ぃ！」

「乱交なんてしないよ？　各部屋でするよ」

「乱交しろよ！　醍醐味だろ！　知らんけど、ハプバー仲間なんてイカレた集まりでイカレたことしろよ！」

「俺、他の人がいると何していいかわかんないんだよ」

「だせえなぁ！　綾瀬が棒立ちしてる姿が浮かぶよ！　というより、そんな綾瀬のために各部屋でのプレイにしてくれてる、そのコミュニティ優しいなぁ！　皆優しい人であることは間違いないよ！」

「そうなんだよ。皆いい人でさぁ、俺のパートナーの丸太姫も」

「絶対にハズレじゃねえか！　お前のパートナー！　あだ名丸太姫って！」

「ハズレじゃねえよ！」

「他の女子2人のあだ名教えろよ！」

「デデデ大王さんとドロヘドロちゃん」

「絶対にハズレじゃねえかよ！　いや女子全員ハズレだな！　というより、あだ名ひでえなぁ！」

「え？」

「全体的にあだ名酷すぎんだろ！　優しいコミュニティだと思ったのに全然優しくねえよ！」

「皆気に入ってるんだからいいだろうよ」

「まぁ、お前らがいいならいいけどさ、つけた人クレイジーすぎるよ」

「いいだろ別に！」

「まぁ、お前がいいなら良いけどさ。」

「あ、そうだ。田中！　明日さパチンコ打ちに行こうぜ？」

「お！　めちゃいいじゃん！　休みだし、久しぶりに朝から行くか？」

「行こうぜ！　見てよ！　温泉街に神社あって金運のお守り買ったんだ〜！」

そう言って綾瀬は俺に透明のケースに入った金色のお守りを渡した。

「へ〜、いいな！　ご利益ありそうだわ」

おもむろに裏側を見ると何やらちぢれ毛のようなものが入っていた。

「ん？　なんだこりゃ？」

するると綾瀬がニヤリと笑って言った。

「ママのまんげよ」

「汚ねえなぁ！！！　なんでババアの毛が入ってんだよ！」

「いや、ママにお守り買ったこと報告したら、私の毛はご利益あるわよ〜ってくれたんだよ。ダブルの神様でご利益MAXだよ！」

「ねえよ！　ババアは神様じゃねえよ！　なんだよ！　本当に気持ち悪いなぁ！　もうつ

るむな！　そんな連中と！　縁切れ」

そう言うと綾瀬は真剣な表情で俺に顔を近づけて、芯の強さが伝わってくる声で言った。

「それはできない。あそこは今の俺の全てだ」

その言葉のあまりの力強さにもう何も言えなくなった俺は眠りにつくことにした。綾瀬は俺に今どれだけ幸せか、今日学校であったことを嬉しそうに親に報告する子供のように語った。俺は信じられず無視した。


次の日、開店から少し遅れて我々は渋谷の道玄坂にある、大学時代よく通っていたパチンコ屋に向かった。大学時代の昔話などをしながら楽しく打っていたが、一向に2人とも当たらない。俺は綾瀬に言った。

「綾瀬、昨日のお守り貸してくれよ」

「お！　忘れてた！　ほれ！」

綾瀬は昨日のお守りを俺に渡した。いたずら心でそのお守りを、

「ってこんなもん効果あるわけねえだろ！」

と床に叩きつけた。すると綾瀬の顔が赤の絵の具くらい赤くなっていった。いつもは腫れぼったい一重まぶたが二重になっていた。

「何してんだてめえ！　ぶち殺すぞ！　これは、俺の、宝物だろうが！！！」

本当に宝物を壊された時のリアクションだった。

「あ、ごめん」


綾瀬は目には涙を溜めていた。こんなに怒るだなんて、彼の中でのハプバーの大きさが本当の意味でよくわかった瞬間だった。綾瀬はお守りを大事そうにそーっと拾い上げ、お守りを覗き込んで言った。

「まんげ落ちてないかなぁ？」

彼はもう綾瀬ではない、「ドヤ顔一重まぶた」だ。綾瀬がお守りを大事そうにパチンコ台の上に置いた。その瞬間にPフラッシュが鳴った。そこから25連チャンの3万発。ババアの効果は絶大だった。帰り際に、渋谷で有名なパン屋さんの美味しいクレープを綾瀬に紹介した。

「本当に美味しいの？」

「美味いよ！」

ここのクレープは本当に美味しい。一口食べた瞬間に俺は、母親の顔が浮かんだ。いつだって美味しいものを食べると母親の顔が浮かぶ、一番大切な人に食べてもらいたいと人は思うものなのだろう。

綾瀬がクレープを一口食べて言った。

「ハプバーの皆に食べさせてあげたい」

綾瀬はクレープを8つ買って渋谷から新宿の街に消えていった。綾瀬からＬＩＮＥが届いた。

『クレープ大好評！　クレープドヤ顔一重まぶたって今呼ばれてる！　笑』

綾瀬が幸せならそれが一番だ。俺は頬の上を流れる涙を拭いて、グッドの絵文字を送った。するとすぐにＬＩＮＥが来た。しかし、そのＬＩＮＥは綾瀬からではなく、夕紀さんからだった。

『会いたくなった！　笑』

最終章

俺は人間が大嫌いだ。考えていることが気持ち悪すぎる。
人の妬みや嫉み、自己中心的なことばかりで頭の中が支配されていてゾッとするんだ。
俺はお笑いが大好きだ。お笑いを見て笑っている時、人は頭の中が幸福感で溢れている。
昔流行った脳内メーカーで覗いてみたとしたら、

幸幸幸幸幸幸
幸幸幸幸幸幸幸
幸幸幸幸幸幸幸幸
幸幸幸幸幸幸幸
幸幸幸幸幸幸

と幸で溢れていることだろう。笑っている時だけは皆、頭の中が一緒なんだ。お母さんも友達も社長も犯罪者もガンジーも。平等なんだよ、笑いの前では皆。嘘で笑ってたって、口角さえ上げていたら脳が勘違いして段々幸せで楽しいと感じてくるらしいからね。野球漫画のキャプテンにそう載ってた。がん細胞もなくなるって昔、所さん時代のアンビリバボーで言ってた。救われるんだ、人は笑いで。俺もその1人だし。

子供の頃はとにかく泣き虫だった。いつも泣いていた。でもどんな時でもお母さんは世界で一番優しくて、お母さんのことが大好きだった。俺のお母さんは、昔モデルやタレント活動をしていて、あのタモリ倶楽部の空耳アワーの再現VTRにも何度か出たことがある。イギリスのアーティストの空耳で［美人、死体、美人、死体、ビリビリ痛い！］というのをよく見せてくれた。死体役だけど綺麗だった。俺が生まれてからは活動をやめて育児に専念している。そんな綺麗なお母さんが俺は自慢だった。俺はそんなお母さんとは違って、人前に出るのが凄く苦手で、お遊戯会とかは当日にごねて休みたくて、そんな時もお母さんは優しい顔で休ませてくれた。そんな俺がテレビを見ていてこの中に入りたいと言ったらしい、よく覚えてないけど。それからお母さんが色んなところにオーディションに連れていってくれた。

子供の頃は可愛らしく目もくりくりだった俺は、わりかし大手の子役事務所に受かった。色んなオーディションを受けていくうちに、人前に出るのも不思議なもんで慣れてきた。これも不思議なもんで最初はやる気なんて全くなかったのに、段々と受かりたい！　スターになりたい！　同じ事務所の同年代には負けないぞ！　という気持ちが芽生えていった。子供なんて単純なもんだ。
オーディションを受け始めて1年くらい経った頃だろうか、ドラマのちょい役、地方CMのちょい役などでお茶を濁していた俺だったが、やっと大きな仕事が巡ってきた。
日曜朝の子供番組のひな壇レギュラーだ。10人くらいいる子供のうちの1人。うちの事務所にとってもこの番組のレギュラーに入るのはだいぶ大きい。決まった日、お母さんは凄く喜んでくれた。お母さんが嬉しそうで俺は凄く嬉しかった。

「ロイヤルホスト行こっか?」

お母さんは満面の優しい笑みで俺に言った。大きなハンバーグとコーンポタージュとライスを頼んだ。俺が「超おいしい!」と言うと、お母さんはまた笑ってくれた。

撮影当日、何を喋っていいかわからなかった。頑張って大きな声で元気にやってみても、MCのタレントさんの反応は薄い。子供ながらに手応えは感じなかった。他の子供は1人1人キャラクターがあった。電車好きで車掌さんの帽子を被っている子、おませでネイルをしたり、ギャルメイクをしたりしている子、眼鏡をかけたガリ勉キャラ。俺より年下の子供が沢山笑いを取る中、俺は震えていた。その収録終わりに事務所の社長に部屋に呼び出された。俺は怒られると思っていた。お母さんも不安そうな顔をしていた。部屋には社長とお母さんと俺だけだ。社長が言った。

「大変だったか？」

「はい」

「難しかった？」

「はい」

「しょうがないよ、初めての収録なんて皆そうだ。気にすることなんてないよ」

予想外の優しい社長の言葉に俺は涙がポロポロと溢れてきた。

「ありがとうございます」

「はは、そうか、不安だったんだなぁ。よしよし」

そう言って社長はとても優しい顔で、俺のことをグッと抱きしめてくれた。

社長はハンカチで俺の涙を拭いてくれた。俺はハンカチではなもかんだ。すると社長が、

「おいおい、はなまでかんでいいとは言ってないぞ？」

3人で大笑いした。この子役事務所に入って本当によかったと思ったし、社長のためにも頑張ろうと思えた。


「社長、僕来週頑張ります！」

「うん、じゃあ次回の収録頑張れよ！」

「はい！」

「あ、そういえば亮太君って、苔好きだよね？」

「え？」

「苔だよ、苔、あの水辺とか道路の端とかにある緑色のやつだよ」


社長が言っている意味がよくわからなかった。俺は苔が好きでもなんでもなかったからだ。


「いや、好きじゃないです」

「いや〜、何言ってるの君は好きだよ？」


その時の社長の目は何を考えているのかわからなかった。黒目が小さく、下にも上にも黒目がくっついていなくて、ギョロッとしていた。

「いや、僕苔なんて好きじゃないですって……」

「いーや好きだよ」

「好きじゃないです！」


社長はギョロッとした目でお母さんを見た。俺も必死の形相でお母さんを見た。

「お母さん、亮太君は苔が好きですよね？」

「いや……うちの息子は」

「好きですよ！　子供の頃から苔が好きで、道路の端っこで勝手に取ったり、ドブに苔を取りに行って泥だらけになったり、語尾にコケーとつけたり、自分の部屋を苔だらけにしたり、苔がついた帽子を被ったり！　お母さん！　あなたの息子さんは、苔が好きですよね！」

お母さんは目に涙を溜めながら、丁寧に手入れされた爪が掌に食い込むくらい強く握って、力強い声で社長に言った。


「大好きです」

社長がわざとらしいくらいにニコッと笑って俺の肩を掴んで言った。

「亮太君、君は今日から苔博士だ」

その日から俺は苔博士になった。

「苔は可愛いんだコケー！」

「いや凄いな君！」

「なんでわかってくれないコケー！」

「なんかこの苔臭いな！」

「コケー！　失礼コケー！」

「なんか君怒った鶏みたいやな！」

スタジオは大ウケだった。前回は全然振ってくれなかったMCのタレントさんも今回は毎回オチの部分で俺に話を振ってくれた。社長は凄く満足そうだった。新しい苔買ってあげるね！　とまるで本当に俺が苔が好きみたいに接してきた。学校では嫌なことを言われたりした。休み時間に机に座っていると背後から、

「嘘つき」

誰から言われたのかはわからないが、そう聞こえてきたりしていた。でも一切俺は気に

してなかった。子役をしていると大人ばかりの世界にいるからか、性格もどんどん大人びてくる。社会経験がそのまま飛び込んでくる。だから周りの子供がすっごく子供に感じる。それに子供ってわかりやすい。思ったことをそのまま表情に出すし、口に出す。今俺のことが嫌いなんだろうなぁ。テレビに出ていて、少し羨ましいんだろうなぁと思っていた。ただ、大人はわからない。大人は成長するまでに自然と感情を殺したり、思っていることを表情に出さないようにしたりする訓練をしているのだろう。わからない。思っていることがわからない。お母さん、あなたは今の息子を見てどう思っているんですか？　嘘をついてテレビで盛り上げている。僕は嫌です。それは伝わってますよね？　あなたはどう思っているのですか？

そんなことを苔博士になってから毎日、お母さんがおはよう！　と言ってくれる朝から、おやすみと言ってくれる夜までずっと、ずっと、ずっと考えていた。

次の収録も苔博士は大ウケだった。社長も大満足の様子で、僕に話しかける。

「いや～よかったね、これプレゼント！」

社長がまた僕が本当に苔が好きかのように、苔を渡してきた。

「あ、ありがとうございます」

「ありがとうございますコケーだろ？」

「……ありがとうございますコケー」

「これはね、屋久島の苔なんだよ？」

「屋久島？」

「ほら、もののけ姫の舞台のモデルにもなっている島だよ！　神様が沢山いると言われていてね、この苔にも神様が宿っているかもよ〜？」

「はぁ」

「そうだ！　来週は僕は苔の神様の使いだコケー！　なんてのもいいな〜！」

　俺は本当の自分が段々わからなくなっていった。収録終わりにお母さんがロイヤルホストに連れていってくれた。お母さんはどう思っているんだろう。

　お母さんの気持ちが知りたくて、知りたくて、知りたくて、知りたくて、知りたくて、
俺は社長に貰った屋久島の苔をぎゅっと握って目を瞑り祈った。

「神様、お母さんの気持ちが知りたいよ」

自分でもくだらなくなって、さすがに呆れて笑ってしまった。目の前に届いたコーンポタージュを啜ろうとしたその時、

『ごめんね』

お母さんの声でハッキリと聞こえてきた。俺がお母さんの方を向いて、

「え?」

と言うと、お母さんはキョトンとした顔で、

「ん? どうしたの? コーンポタージュ、熱い?」

「あ。いや、ううん! 美味しい!」

「そう、よかった」

なんだ、気のせいかと思っていると、

『ごめんね、亮太』

また聞こえる。

「お母さん、なんか言った?」

「ん? なによ、変な子ね、何も言ってなんかないわ」

「いや、今僕にごめんって……」

お母さんの動きが少し止まって、少し驚いたような表情をして言った。

「そんなこと言ってないわよ。空耳じゃない？　ほらスープが冷めちゃうよ」

『ごめんね、亮太。あなたに嘘をつかせてしまって』

お母さんの口から出てきた言葉とは違う言葉が頭に直接聞こえたような気がした。

子供だったからか、大人の今なら信用できないが、その時はすんなり信じることができた。お母さんの思っていることが聞こえる。

神様に祈ったからだ。屋久島凄え！　屋久島ガチ神様じゃん！　ガチ神様マジで祈ったら願い事叶えてくれるじゃん！　凄え！　屋久島凄え！　俺は興奮せずにはいられなかった。やーくしま！　やーくしま！　俺の頭の中は空前の屋久島コールで溢れていた。

「亮太？　大丈夫？　どうしたの？」

『ストレスでおかしくなっちゃったのかしら』

お母さんの言葉で、一旦屋久島コールから俺は落ち着きを取り戻した。凄く俺を心配してくれている。ごめんって謝ってくれている。お母さんの気持ちを知ることができた。

「お母さん！　謝らないで！　それに僕ストレスでおかしくなったりしてないよ！」

お母さんは凄く驚いた顔をしている。

『どうゆうこと？　なんで？　口に思わず出ちゃった？』

俺は段々面白くなってきた。込み上げる笑いを堪えながら言った。

「口になんて出してないよ！　心の声が聞こえるんだって！」

目を丸くしてお母さんは、少し固まっていた。

『どうゆうこと？　やっぱりおかしくなっちゃったのかしら？　でも、実際私が思ったことをこの子は言っているし……』

「お母さん！　おかしくなってないし、実際思ったことを言ってるでしょ！」

「本当なの？」

「本当だよ！　本当にお母さんの心の声が聞こえるんだ！」

お母さんは俺の肩を思い切り強く掴んだ。その時のお母さんの顔は優しくなかった。

「いつから？」

『いつから？　私が社長とできてることは？』

「え？」

「いつからこんなことができるようになったの？」

『いつからこの子はこんなことができるようになったの？　じゃあ知ってるってこと？　私が社長と何度もSEXをしてこの事務所に入れてもらったこと……知ってるの？　私が

もう一度ママタレントになる計画は？　この子を無理やり子役にさせて、なんとか売れさせてその後、私が美人ママとしてデビューする計画は？　どうなるの？　失敗？　でもこの能力を使えば、いや無理だ。おかしくなったと思われるだけだ。まず誰にも信じてもらえるわけないし、変な人体実験でもされたら、あ、そしたら可哀想なお母さん美人すぎる！　的な？　無理か、テレビでは絶対に扱えない、扱えるわけないもん、じゃあ失敗なの？　てかなんなの？　心の声が聞こえる？　は？　心の声が聞こえるって不気味すぎるわ。キモいわ、なんなん、私の計画を邪魔して。やっと苔博士ってキャラでなんとかなってきたのに、だるいわ。だるい。だるだるだわ。だるだーるだわ。こいつ。ん？　いや待って、この今私が考えていることも？　全部筒抜け？　そうゆうことよね！　だって見てごらんなさい、目の前で亮太がショックを受けてる顔してるもん。ということは聞こえてるんじゃん！　やばい、なんなの、気持ち悪い。気持ち悪すぎる。気持ち悪いの限度を大幅に超えてきている。キモい界のラスボスじゃん！　やばい、やばすぎる』

そのまま俺の前でお母さんは気を失った。気を失ったら、何もお母さんからは聞こえてこなかった。いつもの優しい顔のお母さんだった。周りからは雑音のように人の心の声が聞こえてきていることがわかった。気がつくと俺も気を失っていた。

目を覚ますと朝だった。昨日のことがまるで夢のようだったが、夢じゃないのがすぐにわかった。昨日と同じ服、枕元にある屋久島の苔、そして何より葛藤しているお母さんが僕の目の前に包丁を持って立っていた。

『この子はこれから生きていくには大変すぎる。私が殺してあげなきゃ、それが親の務め。亮太が変な実験されたら嫌だ。見せものみたいにもなってほしくない。これから人を信用することもできなくなる。心の声が聞こえるだなんて、これから死にたくなるような日々が続くに決まっている。だから、私が親としてこの子を殺すしかない』

「いいよ」

俺は不思議と、嫌だー！　とか殺さないでー！　とか言う気がしなかった。というか別にいいと思った。今のお母さんの頭の中は俺をなんとかしたいと思うことでいっぱいだった。

「いいよ。お母さん、今までありがとう」

俺がそう言うとお母さんはフッと力が抜けたように包丁を落とした。布団の上に落ちた包丁はボスンと小さな音を立てた。そのままお母さんは強く、今までにないくらい強く、俺が軟らかいカステラだったらボロボロになってしまうくらいに強く抱きしめて、大声で泣いた。その時のお母さんの心の声はごめんね、という言葉で溢れていて他のことはなんにも聞こえなかった。俺の胸はぎゅっとなった。お母さんに強く抱きしめられた身体に負けないくらいに、痛いくらいにぎゅっと。

時間にして30分くらいだろうか、お母さんは泣いていた。抱きしめる力も段々弱まってきて、真っ赤に腫らした目をしてニコッと笑いながら俺の頭を撫でてお母さんは言った。

「お腹すいたね、なんか作ろうか?」

『どうしていいかわからない』

「うん!」

「よし! 亮太の好きなそばめし作ろうか?」

『どうしていいかわからない』

「うん、食べたい!」

「それじゃあ、作ってくるから、部屋で待ってるのよ！」

『どうしていいかわからない』


「うん、わかった！」


お母さんは包丁を持って、部屋を出ていった。ドアを閉める音は、育ちの良さが出て凄く優しかった。お母さんがいなくなっても。

心の声は聞こえていた。


『どうしていいかわからない』

『どうしていいかわからない』

『どうしていいかわからないの』

『亮太、ごめん』


台所からドスンと大きな音が聞こえた。俺が急いで台所に向かうと、首から沢山の血を流してお母さんが倒れていた。

「お母さん！！！！」

俺はお母さんを抱きかかえた。お母さんの血は凄く温かく、俺に沢山ついてすぐに固まった。

「お母さん！　お母さん！　お母さん！　お母さん！」

俺は声をかけること以外何もできなかった。凄くパニックしていたんだと思う。お母さんはまだ少し意識があった。

「りょ、う、た……」

『……あ、あ、』

意識が朦朧としているのだろう、声もか細く、心の声も凄くか細かった。お母さんは最後の力を振り絞って目に涙をいっぱいに溜めて、俺に一言言ってくれた。

「ご、め、んね」

『愛してる』

お母さんの最後の声は凄く小さかったが、心の声は頭が割れそうなくらい大きかった。
動かなくなったお母さんは、若い頃の空耳アワーの時と変わらないくらいすごく綺麗だった。

子役をやめて、親戚に引き取られた俺は必然的に不良になっていった。
不良との付き合いは楽だ。不良の頭の中はシンプルだ。
だりい。
うぜえ。
喧嘩してえ。
ムカつく。
SEXしてえ。
頭の中のことと、口に出すことが一緒でわかりやすい。

たまに複雑に悩んでいる奴もいるがそういう奴も、
もっと親に愛されてえ。

寂しい。

とか悩みがベタでいい。

普通の同級生や大人は、考えていることが多すぎて頭が痛くなる。でも、この能力のこともだんだんわかってきた。付き合い方？　がわかってきたと言うべきか、雑音としてある程度の心の声は無視できるようになってきた。ただ、思いが強すぎるとダイレクトにぶつかってくる。これはもう仕方がない、うちのおじちゃんおばちゃんは優しい人で、思いもそんなに強い人たちじゃないからか、心の声はそんなに聞こえてこない。

昨日ＳＥＸしたんだろうなぁって日の朝はお互いの愛が強すぎて、

『綺麗だなぁ〜』

『うちの旦那たくましいわ〜』

『エロいな〜』

『朝からセクシーだわ〜』


とのろけのＢＧＭがデカすぎて食欲がなくなること以外は問題ない。

心の声が聞こえると先生の印象も変わる。

例えば、

A先生

「おい！　悩んでばっかりいないで、先生と一緒にボクシングでもやらないか？」

『は～、こうやって生徒に優しくすることで周りからの好感度が上がるんだよな～！　俺の好感度を上げるために、一緒にボクシングやろうぜ～！』

B先生

「お前弁当ないだろ？　先生がお前の分も弁当作ってやったから、一緒に食べよう！」

『周りの生徒見ろ～、先生は優しいだろ？　皆が寄り付かない生徒に弁当まで作ってきて～！　保護者とかに言えよ～』

C先生

「たく、お前はしょうがない奴だな……お前みたいな奴はもう学校に来なくていい！」

『いいか、人生は甘いもんじゃないぞ、これでもかとくらいつけ！』

A、B先生のように自己顕示欲マックスの偽善者先生もいれば、C先生のように言葉で厳しく心で優しい先生もいた。裏も表も全部見えてしまう。俺は今誰に感謝しているかと言うと、A、B先生だ。この能力のお陰で全部が見える。お陰ではっきりと言えるかもな。

偽善の何が悪いのか？

偽りでも善であることには変わりないんだ。

自分の好感度のためだろうが、A先生が俺をボクシング部に誘ってくれたのは事実だし、汗かいて息切らしてたのは事実だし、B先生が朝早く起きて弁当作ってくれたのは事実だし、その弁当が美味かったのは事実であって、その善は偽りじゃないだろ？　偽善って何をもって偽善なんだ？　C先生が心で何思ってようが知らねえよ。俺は聞こえてるけど、そんなことより俺はA、B先生に感謝しているよ。だから思えるようになってきたんだ、別に何を思っていてもいい、そこに善を行っている事実があれば、と

そんなことを言って俺は心の声が聞こえてしまう、人が考えている嫌なことが筒抜けの自分を納得させていた。けど事実、不良とばっかりつるんでるし、人の不愉快な本音なんて聞きたくない。

傷ついては、自分を納得させて、傷ついては、自分を納得させて。そんな毎日を過ごし

ていた俺は気がつけば18歳。将来どうするのか？　そんなことも考え始めていた。

「ちょっと亮太！」

「あぁ、おばちゃん」

「あなた、どうするの？　毎日不良みたいなことして、高校卒業したら何するか考えてるの？」

「まぁ、指定校とかでどこかしらの東京の大学にでも行こうかな、やりたいこともないし。奨学金借りるからお金の心配はしないでいいよ」

要領がよくて、地頭がよかった俺は、つるむのは不良連中だが、テスト勉強なんかはわりかしキチッとやっていて、指定校やＡＯ入試での大学進学を考えていた。

「あら。東京？　あなたがいなくなるのは寂しいねえ」

『この子がいなくなるのは寂しいけど、いなくなったら好きな時に旦那とエロいことできるわね』

「まぁ、いつでも帰ってくるからさ」

「あてもないのに大丈夫？」

『それにしても昨日の旦那の新技は凄かったわ……』

「うん、バイトもいくらでもできるし、大丈夫だよ。高校卒業してまでやんちゃやるつもりはないし」

「そうね、あなたも子供じゃないんだもんね」

『ちょっと待って！　マジで改めていかつかったわ！　舌7枚あるのかと思ったわ！　間違いなく2枚はあったわ！　両サイドから舌あったもん！　あの両サイ舌はなんだったの？　私両耳舐められてる瞬間あったもん』


「おばちゃん。今までありがとね」


「やめてよ……親戚なんだからさ」

『わかった！　舌と濡らした指を使ったんだ！　だから両サイから来たんだ！　待てよ、でも、まだ5枚はあったぞ……』


親戚の営みを聞き流す能力を俺は手に入れていた。

おばちゃんは夜の営みで頭がいっぱいだが悪い人じゃない。

その日、おばちゃんは俺の運命を変えてくれた。


「そうだ！　息抜きがてらこれ行ってくれれば？」

『残りの5枚の舌は、いったい……』

「ん？　何これ？」

「お笑いのチケットだって、知り合いに貰ったんだよ」

『待てよ、指1本1本を舌に見立てていたとしたら？　舌を7枚にするのも可能なのでは⁉』

「お笑いのチケット……」


チケットには、無限大ホールと書いてあった。

俺は1人で初めて渋谷に向かった。初めての渋谷駅は冗談みたいに人が多くて、皆の心の声が雑音のように入ってきて、少し頭が痛かった。スクランブル交差点を渡ろうとすると沢山の人が一気に交差して渡る。なんで1人もぶつからないのか不思議なくらいだった。渡りきると目の前には見たことないくらい大きなSHIBUYA TSUTAYA、その中のスターバックスは大行列だった。働いている店員さんは皆が心から楽しんで働いているのが不思議だった。

平日のお昼くらいなのに沢山人がいた。少し耳を傾けると、

『凄え〜』

『渋谷人多いなぁ〜』

『これがセンター街か〜』

思ったより渋谷初心者も多くて少し安心した。渋谷センター街の結構奥の方に、無限大ホールはあった。中に入ってチケットを渡す。このライブの名前は、

「JET GIG」

どうやら若手芸人の方々の新ネタライブみたいだ。名前を見てみても知らない人の名前ばかり。あまりテレビを見ない俺でも知っている中川家やブラックマヨネーズなどの名前はなかった。中に入るとお客さんの数は50人ほどだろうか、全体の5分の1くらいの席が埋まっていた。その人たちはお笑いを見に来るくらいだから、明るい人たちなのかと思っ

ていたら……。


『は〜、もう学校行きたくない』

『会社なんて辞めちゃおうかなぁ』

『なんで皆、私を責めるんだろう』

『毎日辛いなぁ』


思ったより皆の心の声は辛そうだった。

重く暗い声だった。

ライブが始まると若手の芸人の方々が新ネタを披露していく、お世辞にも面白いとは言えない人も多く、皆の心の声も澱んだままだった。俺は途中で帰ろうとも思っていた。

そんな時、最後の方に登場したコンビがコントを披露した。それが無敵マンというコント。無敵マンというヒーローアニメの主人公がすぐ死ぬというコントで、ツッコミの方が大声で突っ込んだ。


「死ぬのーーーーー!???」

すると会場は爆笑に包まれた。俺も声を出して笑った。それと同時に俺は驚いてしまった。心の声が聞こえない。

さっきまで澱んでいたお客の心の声が、1つも聞こえない、代わりに全員の幸福感が感じられた。今まで感じたことがないほど、俺の頭の中も幸福でいっぱいになった。そこから5分間、全員の心の声は聞こえなかった。聞こえてくるのは実際の笑い声だけ、感じられるのはいっぱいの幸福感。こんな感覚は初めてだった。どんな時も人の頭の中なんて、様々な考えで溢れていたのに……。

人は笑っている時だけは、無。そこにあるのは幸福感だけ。

俺が自分の生きる道を見つけた瞬間だった。

「あのすみません！」

俺は気がついたら、ライブ終わりにそのコンビ2人に話しかけていた。

「ん？」

「あの、今日のネタ最高に面白かったです！」

「ほんと？　ありがとう！」

「俺芸人になりたいです！」

「え？」

自分でも自分が凄いことを口に出していると思った。今までの人生で、お母さんが死んでから一度も思ったことがなかった。もう一度人の前に立つ仕事をするなんて。

「お笑い好きなの？」

『熱が凄いなこのにいちゃん』

「今日好きになりました！」

お母さんが死んでから、誰かを笑わせたいなんて思ったことがなかった。自分のことで精一杯だったし、人のことなんて信用できないし。でも、俺は人を笑わせたい。それがこの能力から逃げられる唯一の方法なのかもしれない。

「今日好きになった？　面白いね君」

『この子面白いなぁ』

驚いたことにこの芸人さんの思考も不良くらいシンプルで、考えていることにギャップがなかった。

「でもさぁ、まだ高校生でしょ？」

『顔若いなぁ』

「はい！　高3です！　芸人になりたいです」

「素敵なことだけど、大学行ってからでも遅くないよ?」

『俺は大学行かなくて後悔してる』

「え?」

「大学行ってキャンパスライフ楽しんで、エロいことして、芸人になりなよ!」

『俺もキャンパスエロライフしたかったな〜』


「はいっ!」


お2人はそれだけ言うと爽やかに俺に手を振ってくれた。

そこから俺の第二の人生、いや、正確には第三の人生が始まる。


俺は大学に入ると、テニサーなどの華やかなサークルではなく、おしとやかな女の子が集まるカフェサークルに入った。ここの方が純度高くお笑いの勉強ができると思ったからだ。純粋に人を笑わせることを勉強したいと思った。カフェサークルの女の子たち相手に力ずくで笑わせに行った。最初は無理やり一発ギャグをやったり、モノマネをしたりした。

でも女の子は、愛想笑いはしてくれるが思考の中ではただただ評判が悪かった。

愛想笑いでは、あの時、あの芸人さんが見せてくれた皆の頭の中が幸福で溢れる感覚は味わえない。愛想笑いと本気の笑いでは、頭の中は全く違った。笑いの取り方で悪戦苦闘を続けて1年、相変わらず皆の思考の中で俺の評判は悪かった。

『この子無理やりボケてきて疲れるわー』
『笑ってあげないといけないから気を使うのよねー』
『悪い子ではないんだけどねえ』

どうしよう、俺には笑いの才能がないのかなぁ。そんなことを考えていたある日のサークルのカフェ活動の日、ボーッとしていた俺はコーヒーの一口目を飲もうとして、全てこぼしてしまった。めちゃくちゃに熱かったが、そんなことよりそんなに持っていないお金で、付き合いのために仕方なく注文したコーヒーをこぼしてしまったことに、思わず俺は、

「あっち、もったいねえ！」

と声が出た。すると、一緒に来ていたサークル仲間の4人が一斉に笑い出した。
その笑いはいつもとは違って、

幸福感に溢れていた。

この感覚だ。実際に笑い声が聞こえてきて、皆の幸福感を身体中に感じる。皆の幸福感で全身が包まれている。ずっと感じていたいこの感覚。

「もったいねえ！　一口も飲んでないのに！」

また皆が笑い出す。皆の幸福感で俺の身体がまた熱くなる。

俺はこの日のこのアクシデントをキッカケに、少しずつだが笑いを取れるようになっていった。

毎日に生き甲斐を感じていた。この能力のせいでお母さんが死んで、それからの俺の人生は惰性でしかなかった。けど人を笑わせることは最高だ。少しずつ俺に好意を寄せる人も増えていった。今までの人生ではこんな経験はなかった。

でも、苦手だ。恋愛が絡むと女性の思考は正直気持ち悪い。

「ねえ、今度の日曜遊ばない？」

『なんか最近私の友達にこいつ人気あるんだよな。こいつとデートしたり、SEXしたしたってなれば、マジマウント取れるよね？』


「えーいいな～！　私も行きたーい！」

『なにこのブス抜け駆けしようとしてんの？　ブスのくせに、ブスがはしゃぐなよ？　絶対うちの方が可愛いからどう転んでもうちに靡くじゃん？　こいつ面白くて人気あるけど、経験薄そうだし、童貞だったらだるいな～、一からある程度の技術まで持っていくのしんど』


「えー、それなら私も行きたいな～！」

『こいつそんなに人気あるんだ。今まで1ミリの興味もなかったし、笑い取ろうとしてるところ痛々しく見えてたからなしだったけど。それならワンチャンしてやってもいいか！でも私、読者モデルとかやってるから自分の価値下げるかな～？　お金あるのか？　ないならなしだな』


こんな思考の女ばっかりで嫌になる。

俺は今まで色んな人の心の声を聞いてきたけど、男より女性の心の声の方が嫌いだ。

男はいい意味で馬鹿だから、頭の中の情報がそんなに多くない。嘘も下手でちゃんと表情に出るし。でも女性は男よりも賢い？　からか、嘘もうまいし、もう慣れたけど、よくこんなに思っているのと違うこと口から出るな～と感心までしてしまうことが多い。だけど、そんな女性も笑ってる時は幸福感一色だ。だから、俺は女性を笑わせる対象としては見ているけど、恋愛対象としては見られない、どんなアプローチをされても無理だ。

俺は大学を卒業して、芸人になるための養成所に入った。
沢山の若者が芸人になるためにこの学校に入ってくる。
しかし、芸人も不良と似ていて、頭の中がシンプルでわかりやすい。

『他の奴には負けねえ』
『売れていい女とSEXしてえ』
『大金持ちになりてえ』
『俺が一番面白い』

皆と切磋琢磨してお笑いをするのは凄く楽しかった。今までに味わったことのない青春をこの学校で味わうことができた。学校で擬似バラエティを体験する授業もあった。少し上の先輩芸人をMCに見立てて、皆でひな壇に座る。この時に俺は自分の才能に気づいた。

皆まだ芸人になる学生、だからMCの人のフリに気付けない。でも俺は、

「なんだよ〜。今のボケ〜」

『もう1回同じボケしろ』


そう、MCが何を求めているのか俺には聞こえる。だから相手が求めることを間違いなくすることができた。俺はこの授業で一気に目立つことができた。才能がある相方にも恵まれた。相方の頭の中は、

「天下取って、いい女を抱こうぜ！」

『そんなことよりお母さんを楽にしてあげたい』

「いい車買って、いい家住んで」

『お母さんにマッサージチェア買ってあげたい』

「絶対売れような！」

『親に楽させてあげたいんだ！』


ただ、ただ、いい奴だった。俺に芸名を付けてくれたのも相方だ。

「お前はいつも気合い入って、ぴょんぴょん飛び跳ねてるからぴょんだ！」
『お母さんがぴょんぴょん飛び跳ねて喜ぶくらい売れてえ』

NSCを卒業して1年目、俺たちはすぐに頭角を現した。劇場の先輩たちは皆いい人で頭の中はSEXとギャンブルと、売れたいという気持ちと、売れてる人への妬みだけ。凄くシンプルですぐに打ち解けることができた。俺らがわりかしすぐに人気が出たから妬む先輩もいたが、妬んでくれるだけありがたいくらいに俺は思えた。大学時代のカフェサークルの仲間や後輩がよく見に来てくれた。

その中で毎回見に来てくれる後輩がいた。

飲み会かなんかで俺を見て、興味を持って見に来てくれているらしい、出待ちで軽く話すくらいなのだが、この子に俺は凄く興味があった。出待ちの時のこの子の頭の中はまだ幸福感で溢れていたのだ。不思議だった。ライブが終わって結構な時間が経っているはずなのに、全身から幸福感がビシビシと伝わってくる。今までにこんな子はいなかった。俺はこの子を食事に誘った。

俺は凄く緊張していた。芸人になって、勉強のためにコンパにはよく行っていたが、それは女の子を笑わせる訓練をするため。全員の思考が読めるので、先輩と女の子をくっつけるのも上手で、コンパに一緒に行く先輩からはいつも心から感謝されていた。俺に矢印が向くこともおおいにあったが、俺は女の子の嫌な脳内のせいで未だに女性とどうにかなりたいとは思えなかった。だから戸惑っている。なんであの子を俺は食事に誘ったんだ。別にどうこうなりたいわけじゃなくて、なんか、気になったから、ただ気になったから。俺はヘルメットを被り、顔に泥を塗って、掘りごたつの中に隠れながら、自分に言い聞かせていた。

『ドキドキするなぁ』

足音と共に、その子の頭の中が聞こえてきた。俺もドキドキしていた。

『ん？　まだ来てないのかな？』

俺は掘りごたつから勢いよく飛び出して、

「あんれー？　工事の場所間違えちったよ！」

と言った。目の前の彼女は驚いたように目を丸くしている。

頭の中からも何も聞こえない、完全にやりすぎた。

驚きすぎて何も考えられなくなっている。ふと彼女を見ると目から涙が溢れそうになっている。やってしまった。引いているに違いない。まだ頭の中からは何も聞こえない。

「え？　ごめん！　やりすぎた！　引いた？　怖い？」

と俺は謝った。すると彼女は俺に聞いた。

「その髭ってなんですか？」

俺は答えた。

「あぁ、これ？　モグラ！」

彼女はポップコーンが弾けたように大笑いした。こんな大笑いは見たことがないくらいに。それと同時に1人からは感じたことがないくらいの幸福感がダンプカーのように勢いよく俺に激突してきた。少しよろけてしまうくらいに。彼女は涙を流して笑ってくれている。凄く嬉しかった。けど、俺はとんでもないミスをしてしまった。迷子のモグラのフリをしていたのにサングラスを忘れてしまったのだ。

「やべ！　あ！　サングラスかけるの忘れてた！　モグラはサングラスだろ〜！」

そう言って俺はヘルメットを脱いだ。
すると目の前から凄く大きな声で聞こえてきた。

『大好きだ』

それが聞こえてきて驚いたくらいの時に、彼女の口から実際に聞こえてきた言葉は、

「私と結婚してください！」

不思議な経験だった。今までにない経験だったと思う。彼女の頭の中どころか、全身が

大好きという気持ちで溢れかえっていたのだ。俺は思いが溢れ出そうになっていた。それと同時に、笑いの時とはまた違う幸福感が押し寄せてきた。この幸福感は彼女から伝わってきたんじゃない。俺自身のものだ。俺は彼女に伝えた。

「俺みたいなモグラでよければ」

彼女はいつも俺への愛で溢れていた。

「おかえりなさい」
『愛してるよ』
「今日も一番面白いよ」
『愛してるよ』
「ご馳走様～」
『愛してるよ』

俺は妻との日々に幸せを感じていた。心から俺のことをよく思ってくれている。俺も心の底から愛していた。間違えて現代に舞い降りてしまったおっちょこちょいの天使、おっちょこ天使とふざけてよく言っていた。

俺も先輩になり、後輩にもそんな奴が現れた。


「ぴょんさん！　面白いっす！」

『ぴょんさん凄え！』

「ぴょんさん！　尊敬してます！」

『早く童貞卒業してえなぁ』

「ぴょんさんみたいになりてえ！」

『早く童貞卒業してえなぁ』


田中は頭の中の3分の2は童貞卒業でいっぱいだけど良い奴だった。気がつけば俺の周りには、心の声が聞こえたって、気にせず接することができる仲間ができていた。芸人になって、俺は幸せを感じていた。

そんなある日、先輩やスタッフさんとの飲み会を終えて繁華街を1人歩いていると、1人の女の子が男に絡まれていた。女の子の心は酷く怯えていたので、俺は助けてあげた。

その男にやめてあげなと声をかけると、あぁ？　なんだてめえ？　的なことは言っていたけれど頭の中は、

『こええ、やべえ、助けて、俺こそ助けて。なんか変に意地張っちゃってよう、こんなことになっただけだよう、別にそんな悪いことするつもりなかったんだよう、助けてくれよ、嘘だよ、やばいよ、殴らないでくれよ、お願いだから殴らないでくれよ、警察とか呼ぶのもやめてくれよ、お願いだよう』

弱気な言葉で溢れかえっていたので、恥をかかない程度に理由をつけて帰らせてあげた。俺の方を見てた女の子の心の中は、

『素敵な人』

で溢れていた。その子と飲むことになった。その子は頭の中ではビールが飲みたくてしょうがないようだったけど、可愛いこぶってファジーネーブルを頼んだ。俺はそれが可愛くて、わざとビールを頼んで嘘みたいに美味しそうに飲んだ。すると彼女の脳内はビールを頼めばよかったという気持ちでいっぱいになっていた。でもそれは心を読まなくても

全部顔に書いてあった。この子は思ったことが全部顔に出る。それが子供みたいで可愛かった。女は女優、平気で嘘をつく。今までそう思っていた俺には、凄く魅力的に見えた。

俺はその子から告白された。

勿論告白されることは告白される前に、わかっていた。けど、凄く心臓がバクバクした。多分、俺は彼女のことが好きになっていた。でも妻を裏切れない。結婚していることを伝えた。すると彼女は言った。

「私、奥さんいてもいいです！」

俺は笑ってしまった。だってそのセリフを言った直後の彼女の頭の中は、

『なんか古臭い、ダサいセリフが口から飛び出した！　言った瞬間、恥ずかしくて恥ずかしくてしょうがなくなった！　でもしゃーない！　だって、好きなんだから』

その時の彼女の笑顔はとっても可愛くて、とっても綺麗だった。

彼女は俺の手を握った。

俺は彼女の手を、握り返した。

それから俺は週に1度は彼女と会う生活を続けた。別に悪いことでもない、芸人なんて浮気してなんぼだろ？　それに俺は浮ついた気持ちじゃなくて、本当に2人とも好きなんだから仕方がない。バレなければ浮気じゃない。芸人は浮気の1つや2つしょうがないから、ちゃんと私のところに戻ってきてくれたらいいよ、と妻も言ってくれている。

まぁ、浮ついた心じゃないけど。

俺は今まで心を読めることで女性不信だった。

それはお母さんから始まり、大学時代を経てもずっと感じていたことだ。

でもこの2人は違う。この2人のことは、だから絶対に手放したくなかったんだ。

「ぴょんさん！　コンパするんですよ！　お持ち帰りしたいです！」

『童貞卒業したいんです！』

と後輩の田中が相談してきたことがあった。俺はコンパには人を笑わせる訓練としてよく行っていたが、お持ち帰りなどしたことないからわからない。何となく適当なことを言った。それから数日経った。劇場に行くと、田中1人がいて、爆発的な幸福感を出していた。

頭の中も、

『SEX、よかった、最高だった。好きだ。俺はあの子のことが好きだ。これを恋と言わずになんと言うのだ、というくらいに夢中だ。夢中でがんばる君にエールをとはよく言ったもんだ』

ただ、田中にコンパのことを聞くと恥ずかしそうに一度何もなかったと嘘をついた。出会ってから初めて田中は俺に嘘をついた。少しだけ疑ってみせたらすぐ本当のことを言った。ある日の夜、田中から電話がかかってきた。

「ぴょんさん！　俺の大好きな子から連絡が来て……今日会いたいって！」

「凄いじゃないか！　飯行ってこいよ！」

「それが今、飯来てるんです！」

電話では心の声は聞こえづらいが、凄くテンパっているのがわかった。

「なんだよ、それならいいじゃねえか！　頑張れよ！」

「それで、彼女、彼氏いるって言ってたじゃないですか？　それが実は不倫みたいで……」

「え?!」

「不倫なんですって！　ぴょんさん、その子なんとか説得してくれませんか？　俺はやっぱ経験なさすぎて、いい感じで説得できないんですよ！」

「不倫……」

「そうですよ！　不倫ですよ！　考えられないですよ！　最低ですよ！」

「そんな悪いことなのか？」

「悪いに決まってるじゃないですか！　奥さんのことを馬鹿にしてますよ！」

「そんなことないんじゃないか？」

「何言ってるんですか！　奥さん裏切って、他の女に実らない、幸せにならない恋を自分の欲望のために押しつけて」

「自分の欲望？」

「そうですよ！　自分の快楽のためだけに、他人を犠牲にして、一番大切な奥さん裏切って！　俺のお母さんが言ってましたよ。他人の不幸の上に成り立つ幸せはないって！」

「いや、でもその人にはその人の考えが」

「……ぴょんさん、なんで不倫男の肩持つんですか？」

「あ、いや、絶対よくないことだと思う！　俺が説得する」

「さすがぴょんさん！　ありがとうございます！　今いる居酒屋、URL送りますね！」


俺は、妻を馬鹿にしているのか？

いや、そんなことはない、女性不信だった俺を初めて心から信頼して、愛してくれた人だ。


そんな人を俺は裏切ったのか？

いや、裏切ってなんかいない！

妻は俺にいつも言っていたじゃないか、浮気しても私の下に戻ってきてくれればそれでいいって。

本当にいいのか？

俺は、俺は、自分の欲望のために……。

自分の欲望のために、他人を犠牲にしたのか？

あの時のお母さんのように？

俺は田中が送ってくれたＵＲＬの居酒屋へ向かった。

安くて賑やかな居酒屋だ。沢山の声がこだましている。そんな中、

「ぴょんさーん！　こっちです！」

田中の声が聞こえてきたその瞬間、

『嘘でしょ？　ぴょんさん？』

目の前には夕紀がいた。俺は目を丸くした。夕紀もだいぶ困惑しているようだった。

『なんで？　なんで？　どうゆうこと？　田中くんの？　先輩ってぴょんさんなの？

え？　なんで？　でも、どうしよう、どうしよう……』

動揺する俺たちを見て、田中はキョトンとしていた。

「なに？　２人は知り合いだった？」

『なんか変な感じだぞ？』

急いで夕紀が、

「全然違う！　なんかテレビで見たことあるなぁと思って」

『なんでぴょんさんがいるの？　直接伝えようかなぁ。今の私の気持ち……私ね……』

ヒロインにふさわしいくらい綺麗な女

私は不思議な気持ちでいた。何故なんだろう、あの男のことが忘れられない。

くだらない話。コンパして、揉めて、なんやかんやあってSEXして、その男が気になってる。確かになんかよかった。SEXっていうのは究極の愛情表現であっていやらしいものなんかじゃない。ドラマ『それでも、生きていく』を観ていて、最後に満島ひかりと瑛太がお別れする時、
瑛太！　抱けよ！　満島ひかりを抱いてやれよ！　好きなんだろ?!

と思ったことを思い出す。

あの夜確かに2人は愛し合ったような気がした。

でも私にはぴょんさんという運命の人がいて、
本当にそうか？

運命の人？　運命の人ならなんで相手が結婚してんの？　誰かが言ってた。

人の不幸の上に成り立つ幸せはないって。綺麗事かもしれないけどそれってわかる。

なんだろう、そんなことじゃない。多分、私にはぴょんさんしかいなかった。

だからぴょんさんに異常に依存してしまっていた。それに、認めたくないけど、

不倫している自分に酔ってた。

私の人生……可愛い可愛いと言われて主人公だと思ってきた幼少時代から、段々自分が主人公から外れていたことに気づいていた。でもぴょんさんに出会ったことで、年上の男性と不倫をしていることで、自分がこの世界の主人公になったような気がしてた。今、自分でも笑っちゃうくらいに冷静だ。私はスマホに手を置いて、指紋認証でぴょんさんとのＬＩＮＥを開き、ぴょんさんとのトーク履歴を消してみた。思わず実際に声が出る。

「なんとも思わないなぁ」

大丈夫だ。私は相手がぴょんさんじゃなくても、不倫じゃなくても、年上じゃなくても、今の私なら主人公になれる。

人を好きになろうとしている今、私全然主人公じゃん。

ビューティフルライフで常盤貴子がＳＥＸした後に言ってた。

「私ってこういうことしたらもっと好きになるタイプなのかも」

私もそうみたいだ（笑）

だって田中くんに凄く会いたいもん。田中くんに会って話そう、全部知ってほしい、不倫のことも話そう、その上で私を好きになってほしい。

ほら、私凄く主人公じゃん！　田中くんにＬＩＮＥを送った。

『会いたくなった！　笑』

私は返事も来ていないのに急いで田中くんに会う支度をした。イヤリングの2択をわかりやすく左手と右手に持って悩んでいるとＬＩＮＥの返信が来た。

『こちらこそと言わせてほしい！』

私はクスッと笑った。ふと目の前の鏡に映る私と目が合った。その時の私はヒロインにふさわしく凄く綺麗だった。

心の声が聞こえるようになってしまった男

「ぴょんさん！　聞いてるんですか？」

『ぴょんさん、大丈夫？？』

目の前で田中が心配そうに俺の顔を覗き込む。

「あぁ、勿論だよ」

俺は全て間違っていた。自分のことをちゃんと愛してくれる人を全員裏切っていた。妻を、夕紀を、田中を。気がつけば自分のことばかり考えていた。子供の頃、一度は死んでもいいと思ったこの人生。甘え切っていた。最低だ。自分が情けなくなる。居酒屋の色んな騒音の中、サザンオールスターズのＬＯＶＥ ＡＦＦＡＩＲ〜秘密のデートが聞こえてくる。桑田佳祐が歌う不倫の歌が自分の情けなさに拍車をかける。

「ぴょんさん！　不倫はやめるようにこの子に言ってください！」

『初対面ですみませんが、ぴょんさん！　俺この子のこと好きなんです！　説得、あなたならできるはず』

田中は、井戸端会議のお母様方が隣の席にいたら地域全体で噂になってしまうくらいの声量で俺に言った。

「……君はどう思ってるの？」

俺は情けなかった。自分の情けなさが嫌になった。

別れた方がいいよ、と言えなかった。

夕紀に委ねてしまった。夕紀は、

「え？」

『私に委ねる?!　ぴょんさん、カッコ悪い』

思われて当然だ。逆にカッコ悪い姿を見せて別れやすくしたんだよ、とありもしない言い訳を頭で同時に考えてしまっていた。自分が弱い人間すぎて悲しくなる。

「私は、別れたいと思ってます」

『ぴょんさん、今までありがとう。あなたのことを好きだったわけじゃない、不倫をしている自分に酔っていただけだと思う。まるで自分が主人公になったような気分になってしまっていたの』

夕紀は凄く真っ直ぐな目で俺の方を見ていた。俺は夕紀の真っ直ぐな視線に耐えられずに少し目を逸らした。視線を夕紀に戻すとまだ夕紀は俺の方を真っ直ぐ見ていた。

「うん、本人がそう思うなら別れた方がいいと思う」

夕紀は少し戸惑った顔をした。

『ぴょんさん、やばい。別れるつもり満々だったし、今はそれを望んでいるはずなのに、なんでだろう、ぴょんさんにあっさりそう言われてしまうとなんだろう。別れたいんだけど、なんだろう』


人は何かを失う時、自分で決断しても後悔する。心の声が聞こえる俺はこういう声をよく聞いてきた。俺は情けない男だ。だからこそ、ここは俺がキチンと導いてあげなければ。

「うん、別れよう」


「あなたはそれでいいの？」

『ぴょんさん！　そんな簡単な関係だったの？』

「その方がお互いのためになるよ」

「でも」
『ぴょんさん！』

「君もそれを望んでるんだろ？」

「そうだけど……」
『ぴょんさん……』

「いや、ごめんごめん、なに⁉　なんか2人の別れ話みたいになってるけど？」
危ない、田中が入ってこなかったら、冷静さを失いそうだった。

「なんなの⁈　ぴょんさんも、夕紀さんも！　2人の話みたいになってるけど！　不倫はよくないんだから！」
『まったく、ぴょんさんも夕紀さんも何がしたいんだか……』

田中のお陰で冷静さを取り戻したのは俺だけじゃなかった。

『危ねぇ……呑まれそうだった。もう1ミリもぴょんさんのことなんか好きでもなんでもないのに、別れたくないスイッチが入りそうだった。人間って不思議なもんだなぁ、ヒロインスイッチ入りかけた。というよりアレだな、ぴょんさん、何がいいのか今はもう思い出せんな？』

嫌になるくらいに冷静になっている。電車で今の時代珍しく何もせずボーッと前だけを見るおじさんのように虚ろな目をしていた。

「じゃあ話を不倫に戻すけど、君、別れるでいいな？」

「はい」

『ぴょんさん、今までありがとね。楽しかったよ』

「あ〜！　よかった！　夕紀さん！　別れた〜！　やったー！　やったー！」

『ぴょんさん！　ありがとうございます！　自分絶対に夕紀さんと付き合います！』

ぴょんさんはやっぱり凄い。初対面の女の子を一瞬で不倫の魔の手から救ってみせた。夕紀さんもよく別れるって言ってくれた。嬉しい。俺は雨が降ってきてご機嫌の雨蛙のようにぴょんぴょんとスキップをした。夕紀さんはスキップする俺の様子を見て、

「子供だな〜、田中くんは」

とわざとらしく呆れた表情をして、すぐに俺よりも大きなスキップをしてみせた。2人で繁華街をスキップした。呼び込みのお兄さんもヤクザさんも皆、俺たちを不思議なものを見るような目で見ていた。気がつくと、どちらからだろう、どちらからともなく手を繋いでいた。どこの映画でも見たことないと思うけど、繁華街を手を繋いでスキップして行く俺たち2人は映画の主人公みたいだった。

「なんか俺たち映画の主人公みたいだね」

俺は思わず口に出してそう言った。すると夕紀さんはスキップをやめて、俺の両手を握った。

「私は生まれた時からずっと主人公だよ？」

そう言った夕紀さんは出会った時より、理由はわからないが、より一層綺麗になっていた。

「でもね、ずっと見つからなかったんだけど、やっと見つかったんだ。私の相手役」

そう言って、夕紀さんは俺の手をぎゅっと握った。夕紀さんの目は絵文字の笑顔みたいに、綺麗な小山が２つ並んでいた。

「君のことが好きだ」

俺がそう言うと、夕紀さんはフッと目を開けてじっと俺の目を見て、また絵文字の笑顔みたいに笑って、気を抜いたら気づかないくらい一瞬だけ頷いた。そして、照れ臭そうに下唇を噛んで俺の目を見て笑った。俺は夕紀さんのことが愛おしくて、なんて言ったらいいんだろう、全身が夕紀さんへの愛おしさで溢れていた。今愛おしさで身体がパンパンだから、絞ったら大量の愛おしさが出てくるだろう。

俺は夕紀さんにキスをした。

結構長い間、俺の中の愛おしさが落ち着くまで。このままでは愛おしさで溢れて爆発してしまうところだった。それを鎮めるためにキスをした。俺たち2人以外この世界には誰もいないんじゃないかってくらい周りの音や気配は何も感じなかった。

ちなみに、俺は駅前で人が溢れているのにキスするカップルが大嫌いだ。何考えてあんなことしてんのか？　自分らのことバカでーすって言ってるようなもんだろうと思っていた。

俺は、夕紀さんとのキスが終わるまでそこが駅前だとは気づかなかった。

心の声が聞こえるようになってしまった男

俺は情けなかった。心の声が聞こえる分、人の気持ちの上にあぐらをかいていたのか、自分のことばかりで頭がいっぱいの自分が情けなかった。何より、ずっと俺のことを信じてくれている妻を裏切ったんだ。泊まりがけの仕事が続いたから数日ぶりに家へ帰る。だが、足取りは重い。妻への裏切りをどうやって償っていいのかわからなかった。家に着いて、ポケットを弄って鍵を探す。

ガチャン。

鍵を取り出す前に、ドアが開いた。笑顔の妻がそこにはいた。いつもと変わらぬ、いや、いつもより明るく元気に俺を迎えてくれる妻。でもその妻は、全く違っていた。

「おかえり～！　お風呂沸いてるよ～」

『さぁ、殺すぞ……こいつは私を裏切って不倫していた最低の人間だからな。呑気な顔してやがる。私が今日殺すとも知らずに。裏切り者、クソ野郎、死ね、死ね、死ね、死ね、死ね』

今日、旦那を殺す事にした女

扉の前から音がする。あいつが帰ってきたのだろう。いつもと変わらぬように、変わらぬように振る舞わなければ。計画がバレてしまえば全てが水の泡だ。私はいつもとは変わらぬ笑顔で旦那を迎えた。

「おかえり〜！　お風呂沸いてるよ〜」

私は今日こいつを殺すんだ。こいつは私を裏切って不倫していた最低の人間だ。呑気な顔をしていた。私が今日殺すとも知らずに。裏切り者、クソ野郎、死ね、死ね、死ね、死ね、死ね。そんなことを考えていた。ふと旦那の顔を見ると、驚いたような表情をしている。まさか、計画がバレたのか？　いや、私はいつもと変わらぬ対応をしたはずだ。バレているはずがない、変わらぬ対応を心がけなければ。

「どうしたの？　お風呂入らないの？」

旦那は少し戸惑った様子だったが、すぐに私の目を見て微笑んで言った。

「いや、すぐに入るよ。ありがとう」

危ない危ない。バレていないようだ。私は急いで台所に行った。今日は奴の大好物のクリームシチュー。そこにホームセンターで身分証まで見せて手に入れた、虫を殺す用の毒物を味に変化がない程度に入れる。味に変化がない程度と言っても味見ができないからこれは賭けでもある。少なすぎて死なない可能性があるからなぁ。

ふふ、これを食べたら奴は……。

本当に死んでいいんだろうか。

何故だか涙がボロボロと溢れて、シチューにポタポタと落ちていく。私の涙が毒だったなら、ホームセンターで買った毒なんて入れなくても即死するんだろうなぁ。

それくらいに涙が止まらなかった。後悔なんてしているはずもない、決めたんだから殺すって……。

ぴょんさん、好きだよ。

ずっと変わらず大好きだよ。あの人くらい好きなもののたとえなんて出てこないくらい圧倒的に第1位。永久1位。殿堂入り。レジェンド。レジェンドオブレジェンドだよ。でもね、殺すんだよ。好きだから。まだまだ止まらない涙がシチューに入っていく。それを私はかき消すかのように、魔女のように両手で力強くシチューを混ぜた。旦那が風呂から上がってきた。やばい！　目が真っ赤だ！　泣いていたのがバレる⁉　ここまでの計画が失敗に終わるのか？　失敗に終わるのか？　終わるのか？

「いや〜！　いいお湯だった！　思わず長風呂してのぼせてしまったよ！　まぁ、長風呂しなくても君に溺れていたけどね！」

ふふ、バカめ、運の悪い野郎だ、自分の冗談に夢中で私の目が真っ赤なことに気づいてないではないか、運の尽きだ。

「はいどうぞ！　ぴょんさんの大好きなシチューだよ」

しかし、なかなか手を付けようとしない。何故だ？　バレたのか？　そんなはずはない、さぁ食え！　食え！　食え！　そして死ね！　死んで償え！　お前にできる償いは、これを食べて死ぬことなんだよ！　私、大好きなのに。

「いっただきま〜す！」

そう言うと、勢いよく食べ始めた。

「美味い！　美味い！　美味い！　いや〜！　美味しい！　世界一美味しいよ！」

そう言って旦那は勢いよくシチューを食べてくれた。私の毒入りのシチューを、涙を流しながら、ボロボロ涙を流しながら、かきこむように口に流し込んでくれた。ぴょんさんの涙は拭いても拭いても溢れてきていた。

これ以上ない笑顔で、涙で顔をびちょびちょにしてぴょんさんは言った。

「こんなに美味しいもの作れるなんて、天使？　間違えて現代に舞い降りちゃったおっちょこちょいの天使？　おっちょこ天使？」

そう言ってぴょんさんは勢いよく床に倒れた。

心の声が聞こえるようになってしまった男

だいぶ意識が朦朧としていた。妻が俺に駆け寄ってきてくれた。

「ぴょんさん！　ごめん」

『お願い、死なないで』

目を真っ赤にしていた妻がまた目を赤くしている。俺の顔にぽとぽと涙が落ちてくるのがわかった。妻を裏切った償いが俺にはできたんだろうか、妻のために死ぬことくらいわけないと思った。簡単に決意は固まっていた。これほどまでに大好きな妻を自分の自己満足で追い込んでしまったんだ。違うだろ？　何してんだよ。笑ってほしかったんだろ？　俺は、大好きな妻に、笑顔になってもらうのが生きがいだったんだ。この人を幸福感でいっぱいにさせるために俺は、一緒になったんだ。なのに、

俺は、この人に何故こんな顔をさせてるんだ？

「せ、世界で、いちばん、お、美味しかったよ。み、みしゅらんがし、史上初の、よ……四つ星……つ、付けるかもね……」

笑ってほしかった。

「ねえ！　ぴょんさん！」

『死なないで！』

なのにゴメンね。

「ぴょんさん！」

『大好きなの！』

こんな思いさせて。

「大好きなの！」

『大好きなの！』

こちらこそ広末涼子でも言い足りないくらいにとってもとってもとっても大好きだよ！と言いたかったが、俺の意識はそこでなくなった。妻の腕の中は嘘みたいに温かかった。

入院中、隣の患者をよく思わない男

くそう、なんで俺がこんな目に遭わなきゃいけないんだ。

あの日俺はバイトに行く途中、自転車を急いで走らせていた。すると目の前に猫が！

俺が急いで猫をかわしたら、そこに急にトラックが！　そのトラックもギリギリのところでかわしたら、目の前におばあちゃんが！　おばあちゃんもギリギリかわして目の前のヤンキーに少しぶつかったらボコボコにされた。いやぁ、ヤンキームカつくわ。アイツらが今後更生しても俺みたいに辛い思いをした人がいるって、アイツが結婚して子供が生まれて孫ができた時、絶対に孫に直接手紙渡そう。お前の祖父のせいで俺は入院したって。マジムカつくわ。人生楽しくねえわぁ。それに、ここの看護師全員俺に冷たいんだけど。俺がトイレ行きたがると、ダルがるし、水分多めに摂ってるだけでダルがるんだけど。こっちはヤンキーにボコられてるのに、ムカつくわ〜。

あと隣の患者ね、なんなの？　なんかずっと奥さんが献身的に支えてるんだけど？　ベタにりんご剥いてるんだけど？　そのりんごを食べて旦那が、

「このりんご美味すぎん？　これアダムとイブのりんご？　禁断のやつ？　君との愛のためなら食べたいんだけど！」

とかわけのわかんないこと言ってんのよ。だるいわ、面白くないわ、なんかたまに聞こえる、おっちょこ天使って何？

気持ち悪いのに耳に残る最悪のワードなんだけど、しらけるわぁ。次いちゃついてたら、マジでブチギレてやろうかなぁ。あ！　なんか今梨剥いてるんだけど！　は!?　大好物な

んだけど！　その梨くれたら許してやってもいいけどよ！　まぁ、そんな気が利く連中じゃないか？　このバカップル夫婦はよ。

「どうぞ？」

え？　なに？　なんか隣の患者が梨差し出してくれてるんだけど？　奥さんも微笑ましげにこちらを見てるんだけど？　なになに。

「あ、いただきます」

うむ、この梨甘いなぁ～。

「甘いでしょ？」

男が笑顔で俺に微笑みかけてきやがる。

「甘いです。ありがとうございます」

俺はすぐに1つ食べ終わってしまった。マジで甘かったなぁ、もう1つ食べたいなぁ。

「よかったらもう1つどうぞ？」

「あ、ありがとうございます」

なんだかこいつ、まるで俺の心の声が聞こえてるみたいだ。

それにしても甘いなこの梨。

カバーイラスト
中村佑介

ブックデザイン
岡本歌織（next door design）

マネジメント
佐々木りな、太田青里（以上、吉本興業株式会社）

校　正
鷗来堂

DTP
G-clef

編　集
宮原大樹

レインボージャンボたかお

吉本興業所属のお笑い芸人。千葉県千葉市出身、血液型O型。毎日コントをアップしているYouTubeチャンネルの登録者数は100万人を突破している。

説教男と不倫女と今日、旦那を殺す事にした女

2023年 9 月13日　初版発行

著者／レインボージャンボたかお

発行者／山下 直久

発行／株式会社KADOKAWA
〒102-8177　東京都千代田区富士見2-13-3
電話　0570-002-301（ナビダイヤル）

印刷所／凸版印刷株式会社

製本所／凸版印刷株式会社

●お問い合わせ
https://www.kadokawa.co.jp/（「お問い合わせ」へお進みください）
※内容によっては、お答えできない場合があります。
※サポートは日本国内のみとさせていただきます。
※Japanese text only

定価はカバーに表示してあります。

ISBN 978-4-04-897186-7　C0093
JASRAC 出 2305455-301